U0097999

八百擊

好故事，一擊入魂！

八百擊

好故事，一擊入魂！

道書
左

桃源案

戚建邦——著

桃源案

目錄

第一章　九曲池　5
第二章　遇紅塵　15
第三章　迷魂林　27
第四章　拜大仙　41
第五章　訪中陽　57
第六章　化淫賊　73
第七章　玉華佗　89

第八章　野馬莊 …… 101
第九章　過金州 …… 121
第十章　船頭宴 …… 139
第十一章　大隱谷 …… 155
第十二章　仙道谷 …… 175
第十三章　闖浪蕩 …… 193
第十四章　會四方 …… 207
第十五章　戰奇門 …… 223
第十六章　表心思 …… 243
後記 …… 249

第一章　九曲池

唐朝末年，唐帝國名存實亡，實際權力把持在各大節度使手中。其中以宣武節度使朱全忠最強大，其次是河東節度使李克用。不久之前，朱全忠的侄子朱友倫在長安城與人相約打馬球，墜馬而亡。朱全忠借題發揮，兵圍長安，不顧昭宗皇帝抗議，殺死宰相崔胤及數名圖謀成立新禁軍的大臣，隨即派樞密使蔣玄暉劫持昭宗，遷都洛陽。長安焚燬，淪為廢墟。昭宗到了洛陽，日日哭泣，又對蔣玄暉透露自己維護長子李裕之心。朱全忠痛恨昭宗不願禪讓帝位於己，且厭惡李裕，於是決定派蔣玄暉率兵入宮殺昭宗。其後立昭宗第九子李祚為傀儡皇帝，年號天佑。

武林第一大門派玄日宗的長安分舵在宣武軍焚城時協助百姓逃難，幾度與宣武軍衝突，折損不少好手。幸虧分舵主上官明月早已在金州找好新據點，也跟金州刺史楚正邦打好關係，在城內外清理廢屋，收留長安難民。玄日宗二代弟子大師兄莊森暫居長安辦事，見上官舵主把一切處理得井井有條，能幹可靠，深感欣慰。他將分舵事宜全部交給上官明月處理，自己趕赴洛陽，就近觀察朝廷形勢。可惜當他抵達洛陽時，昭宗已死，傀儡登基，大唐王朝還有多少能幫之處，甚至該不該繼續幫手，莊森實在拿捏不準。他想起上次來洛陽與吐蕃拜月教主之女月盈共度的歡樂時光，如今月盈遠在吐蕃，洛陽也從河東節度使李克用的地盤變成朱全忠的領地。

一年多前，朱全忠和李克用聯手對付難以控制的武林盟主玄日宗，誣賴他們興兵作亂，意欲一舉勦滅武林最大勢力，史稱玄匪之亂。玄匪之亂最後是因吐蕃出兵犯境，西川節度使王建需要玄日宗幫助對抗外敵，這才幫他們平反，還玄日宗清白。但那時玄日宗的勢力已經被勦滅大半。首當其衝的洛陽分舵慘遭殲滅，整個河東道不再是玄日宗的勢力範圍。莊森感到人事全非，心情異常沉重，簡直有種改朝換代、國破家亡的錯覺。他在洛陽城內遊走，只想找個熟悉的地方抓住從前的回憶。洛陽分舵燒掉了，玄天院給改成了間大酒樓，就連當年晉王府十三太保之一的符存審囚禁他的刺史衙門，也因年久失修而搬到了別處。

莊森滿心惆悵，好想出城上山，入琵琶谷，去看看當年與月盈共處的山洞，順便看看大師伯趙遠志還在不在谷裡。他很想請師伯指點迷津，但心裡也清楚當今局勢已沒有任何人可以告訴他要怎麼做了。他找了間酒樓，上二樓獨坐獨飲，心裡想的多是前事，彷彿沒有多少日後可以打算。喝著喝著，有人上樓，走到他面前。莊森抬頭看他，是個不認識的中年男子、商人打扮，看不出會不會武。那人朝莊森作揖，開口道：「閣下可是玄日宗莊森莊大俠？」見莊森點頭，繼續說道：「小人是德王府的總管。我們王爺有事，想請莊大俠一見。」

德王李裕乃是當今皇上的長兄，昭宗皇帝的長子。曾在宦官幫助下自立為帝，後來又被趕下台。從前他是太子身分，炙手可熱，各方節度使都想搶他，最後落入晉王李克用手中。前宰相崔胤曾請莊森入太原營救李裕。莊森太原是去了，卻沒空找他。如今想來，只怕當時莊森就沒把這虛位太子放在心上了。之後朱全忠佔領洛陽，逼李克用交出太子。李克用知道繼續挾持李裕也不會有多大用處，就把他放了。如今李祚繼位，李裕連太子都不再是。他要找莊森，多半不會是為了權謀，只是為了求生。然則如今維持大唐正朔已不具意義，莊森真的該去蹚這渾水嗎？他心想：「當初我答應崔相去救太子。如今崔相已死，太子也不再是太子了。也罷，左右無事，總不好白來洛陽一趟。跟去瞧瞧吧。」

他跟著總管前往德王府。李氏一族才剛搬到洛陽，也不知道會在這裡待多久，所以德王府不過是跟洛陽本地富商暫借的一間小園子，說不上多氣派。總管把莊森迎到正廳，奉茶款待，隨即入內去請王爺。莊森茶還沒入口，德王已自內堂走出，身穿宮廷華服，憂心重重地來到莊森面前，說道：「莊大俠，久仰大名。有勞莊大俠大駕光臨，令寒舍蓬蓽生輝。」

莊森站起身來行禮：「感謝王爺禮遇。王爺盛裝打扮，是要出門嗎？」

李裕嘆氣：「事有湊巧。樞密使蔣大人設宴九曲池，請我們兄弟九人赴宴。小王無權無勢，宣武派的大臣，我是不能說不去的。況且這場九王宴……唉……」他神色淒然，又嘆一聲。「下次再要設宴，也不知道湊不湊得齊九王之數。」

莊森不知該如何安慰，只好說：「王爺，局勢到了這個地步，你也只能走一步算一步了。」

李裕苦笑：「是。我這輩子連皇帝都做過了，還有什麼好求的？眞要求，也就是求個不死。如今看來，只怕也是奢望。莊大俠貴人多事，不須爲小王多作停留。不如你與我一同赴宴，我們席間相談？」

莊森皺眉說道：「王爺邀約，盛情難卻，但我師門有令，門下弟子不得牽扯政爭。在下當王爺的客人前赴蔣玄暉的宴席，只怕會惹來宣武不滿。我看還是等王爺赴宴回來再說吧。」

李裕突然握住莊森的手，語氣迫切地說：「莊大俠，跟我去赴宴吧。」

莊森見李裕眼中流露求懇之意，就差沒當眞開口求他。自古宴無好宴，會無好會，李裕急成這樣，這九王宴多半十分凶險。江湖救急，不過如此，若放任不管，又怎麼稱得上一個俠字？他點頭道：「既然如此，我就充當王爺的貼身侍衛，一起前赴九王宴。」

李裕坐轎，莊森走在轎旁，相談不易，一路無話來到九曲池。

蔣玄暉於池中涼亭設宴，自己高高在上，坐了主位，讓九位親王坐在兩側客陪。蔣玄暉身邊還多設了一個座位，李裕問起下人，知道是給何太后設的。當日蔣玄暉奉命殺入皇宮，本來是要把昭宗的何皇后一併除掉，但見皇后美貌，又苦苦哀求，加上朱全忠只有命令他殺掉皇帝，於是他就饒了皇后一命。其後新帝繼位，何皇后成了何太后，蔣玄暉膽大妄爲，竟然在宮中與太后私通。太后爲了自保，不敢違抗，任他爲所欲爲。此事宮中人盡皆知，九名親王都有耳聞，但誰也沒想到蔣玄暉竟敢在公開設宴時要何太后作陪。幸好何太后沒有出席，不然九親王眞不知道該怎麼做人才好了。

蔣玄暉志得意滿，哈哈大笑，站起身來，舉起酒杯，對九王說道：「感謝九位王爺賞臉，下官這個面子可眞是大了。今日下官設宴，爲的是兩件事。第一件事，自是爲了幫各位王爺收驚。這一年不平靜啊，眾王爺先是從長安跑了出來，到洛陽還沒安頓好，逆賊李漸榮、裴貞一等就聯手弒君，宰了先王。各位新近喪父，是一定要收收驚的呀。」大家都知道李漸榮和裴貞一是忠心護主而亡，卻被蔣玄暉打成弒主逆賊。人人聽得憤憤不平，卻又敢怒不敢言。蔣玄暉繼續說道：「那第二件事呢，就是要恭喜各位王爺啦。幸好先王駕崩前有下詔讓輝王繼位，不然各位王爺此時多半還在爲了誰當皇帝拚得你死我活呢！是不是啊？哈哈哈哈哈！」

九親王誰也沒吭聲。大家都知道朱全忠矯詔九弟李祚稱帝，是因爲李祚年幼聽話，最適合當傀儡。有的親王咬牙切齒瞪著蔣玄暉，但大部分都垂頭喪氣，或揚唇陪笑，總之沒人膽敢得罪蔣玄暉。蔣玄暉見這些皇族嚇得連屁都不敢放一個，心中十分快意，吩咐下人帶美女進來陪王爺喝酒，然後就自己樂自己的去了。

李裕讓陪酒的美女起身，拉了莊森坐在自己身邊，敬酒道：「莊大俠，眞是讓你看笑話了。我一直以爲我最後會栽在朱全忠或李克用手上，想不到竟然讓這個姓蔣的欺負到這個地步。唉，這洛陽，小王是待不下去了。」

莊森搖頭道：「王爺，從前玄日宗勢力龐大都保不了你，現在更保不了你。形勢比人強呀。」

李裕點頭：「莊大俠不必擔心，小王不是要玄日宗保護。天下之大，倘若沒有一個容身之處，小王到了哪裡，都跟在洛陽一樣。莊大俠，你聽說過桃源帖嗎？」他邊說邊從懷裡取出一張銀帖。帖子正面寫有「桃源帖」三個金字。攤開帖子，裡面就只一句話：亂世避戰禍，潛居桃花源。

莊森說：「我看過〈桃花源記〉。但不知這桃源帖是怎麼回事？」

李裕收起銀帖，說道：「半個月前，有人送了這張帖子到德王府。不只是我，我還有兩個弟弟也收到了。送帖的人說，他們有桃花源，可避亂世，我若感興趣，可備足黃金千兩，於今年中秋趕赴無道仙寨龍蛇樓參加桃源大會。他們保證只要進了桃花源，從此與世隔絕，再也不必擔心朱全忠、李克用，還有這亂世中一切的一切。」

莊森搖頭說：「王爺，我怕你是給人騙了。你若眞帶了黃金千兩進無道仙寨，多半還沒找到這家龍蛇樓便已給人搶了。」

李裕點頭：「我知道，所以我才想僱用高手幫忙。莊大俠，我知道大唐氣數已盡，我也不是要拿皇族正朔來壓你，只是希望能爲我們李家留下一條血脈罷了。三百年來，李家再怎麼說也出過幾個明君，造福不少百姓。你也不希望看到高祖皇帝絕後吧？」

莊森問：「你要我護送你去無道仙寨？」待李裕點頭，他又問道：「王爺可有家眷？」

李裕說：「沒有。我整天擔心死無全屍，不敢再生兒子出來害他。倘若眞能找到桃花源，我會努力開枝散葉。在那之前……」他說著搖了搖頭。

莊森想想說道：「你把希望寄託在外人無法進入的桃源仙境，是否太虛無縹緲了些？」

李裕說：「我問過了。送帖之人說他們找來了全天下最高明的工匠和方士，以五行機關之術封鎖通道，外人絕對找不進去。他在城外琵琶谷樹林有植林示範。我跟兩個弟弟親自去過，眞的就在樹林中迷了路，若沒人帶領，根本走不出來。」

莊森聽師父卓文君說過在成都城外中了二師伯的「渾天六合陣」之事，知道這種事並非沒有可能。他說：「這種陣法，我玄日宗也辦得到。但那畢竟只是障眼之法，效力範圍不出一片樹林。你要把人困在陣中，並不困難。但要將整座城鎮隱藏其間，只怕有點匪夷所思。」

李裕嘆口氣說：「他們連我爹都殺了。留在洛陽，我有死無生。此事只要有一絲可能，我都非搏不可。莊大俠，請你幫我。」

莊森想了想說：「你把帖子給我，我去打聽打聽。明日日落前給你答覆。」

李裕大喜，連忙把桃源帖交給莊森。莊森收了銀帖，正想離去，突然聽見動靜。他回頭看向通往池岸的曲橋，池畔垂柳之外一片漆黑，什麼也看不清楚。莊森調節呼吸，運起內功，增強視力，隱約看見黑暗中人影晃動，岸上聚集了不少人。莊森暗自心驚，回到李裕身邊，輕聲道：「王爺，不太對勁。」

李裕駭然，忙問：「蔣玄暉要動手了嗎？」

莊森問他：「你知道他要殺你？」

李裕說：「他遲早要殺我們的！」

涼亭四周池面上突然冒出許多長竹竿，竿頂有套索，同時套上九個親王和他們貼身侍衛的頸部。莊森沒料到對方會如此出手，一個沒留神竟也被套。殺手套中目標後，立刻往後猛拉，涼亭裡的人當場摔成一團。沒被套上的僕役和美女驚慌大叫，紛紛往岸上跑。

蔣玄暉哈哈大笑，站上椅子說：「各位王爺，下官也只是奉命行事，並非私怨。各位到了地府，見到昭宗皇帝，記得給下官問他一聲好啊！」

莊森雙手抓住頸部套索，狠狠一扯，絞繩當場讓他扯斷。他翻身而起，衝向李裕，見他已被絞繩絞到臉色鐵青，舌頭都吐出來了。莊森立刻出手去扯李裕的絞繩，卻聽見身後傳來蔣玄暉的聲音：「好哇！德王什麼時候請到這種高手，可不簡單！吃我一掌。」

莊森要騰出手去應付蔣玄暉，但單掌難以扯斷絞繩，於是反扯爲劈，以左掌劈斷套住李裕的竹竿，右掌直挺挺接下蔣玄暉的掌力。蔣玄暉是內家高手，學得一套威力驚人的大力神掌，藝成出道以來，從沒有任何對手能接得下他三掌。此刻與莊森掌心一對，他只覺面前彷彿多了一道火牆，整條右臂灼燙難耐，簡直跟伸進鑄劍爐中燒熔般。他身體騰空，向後飛出涼亭，全靠右腳勾上憑欄，才不致落水，最後他氣呼呼地大叫：「放箭！放箭！射死那個王八蛋！」

岸上埋伏的人立刻瞄準莊森，數十支箭同時發射。莊森抱起李裕，抓起一張椅子，身體急旋，沖天而起，在亂箭之中撞破亭頂，反向朝池心轉去。他拋下椅子，落水前腳尖在椅緣上一點，身體又向前飄出數丈，隨即墜入池中。他抱著李裕，拚命踢水，在追兵趕到之前爬上池岸，接著施展輕功，幾個起落閃入池畔數棵茂密柳樹之中。夜色陰暗，追兵一時之間也找不到他們。莊森放下李裕，吃了一驚，只見李裕背心上插了一支羽箭，眼看是活不成了。

李裕握著莊森的手漸漸鬆了，但他還是拚著最後一口氣說：「桃花……源……去……桃花源……」說完氣絕身亡。

莊森看著李裕，輕嘆口氣，說道：「王爺，你這輩子，皇帝也做過了，沒什麼好遺憾的。安心去吧。」

他闔上李裕雙眼，轉身離開九曲池。

第二章　遇紅塵

莊森不知道蔣玄暉會不會派人追捕自己，不敢在九曲池附近多作停留。然而他渾身濕透，奔行起來極不舒適，打定主意要先換套乾淨衣物。他今日剛到洛陽，尚未下榻客棧，隨身行李都留在德王府裡。莊森心想：「蔣玄暉殺了德王，定會去抄德王府。我出於義氣，也該趕去通知他們避難。只不過蔣玄暉早有預謀，說不定此刻德王府已經被抄掉了。不好，我的行李中有玄日宗拜帖。萬一讓人知道玄日宗涉入此事，不定會惹出什麼麻煩。」

他轉身朝德王府奔去，然而對洛陽城不熟，適才跟著轎子走，沒在記路，結果連問了三次路才終於尋到。德王府門外站了四名宣武軍官兵，門內燈火通明，人聲吵雜。莊森假裝路過，偷聽門口官兵交談。

第一個官兵說：「王大哥，這次我們該發了吧？德王從前當過太子，也幹過皇帝，九座王府裡，肯定數他的油水最豐！」

第二個官兵說：「老弟有所不知。德王前兩年被李克用抓去關起來，王府裡的財產早就被下人搶光了。梁王把人搶回來後，他也只是從宮裡弄了點錢出來擺派頭。我看他家裡是沒多少錢了。」

第三個官兵說：「我聽說前幾天有無道仙寨的人來跟德王接頭。說不定他想造反。」

第四個官兵說：「造什麼反？他李家天下還沒亡呢！真要造反，也得等我們王爺登基再說！」

四人哈哈大笑，完全不怕被聽見。

莊森繞到德王府側巷，找個牆洞偷看。德王府的下人都聚集在前院裡跪著。幾十個官兵在房舍中翻箱倒櫃，搬了不少口大箱子出來，看來德王府畢竟還是有些油水。莊森趁著左右無人，翻身入牆，沿著屋影溜到正廳，只見放置行李的門櫃大開，櫃子裡空無一物。他皺起眉頭，東張西望，幸好在堆於門旁的諸多雜物裡看見自己的包袱。正在考慮該伺機而動還是點倒守衛直接去拿時，突然聽見右側傳來聲響。莊森立刻伏低身形，隱身樹後，探頭偷看聲響處。

五丈之外，有道黑色身影翻牆而入，落在內堂一扇窗口外。莊森見著黑衣人，忍不住嘴角上揚，心想：「德王府裡不知藏了多少祕密。一聽說他家被抄，大家都趕來啦。不知這位老兄是想來撈點油水，還是跟我一樣來湮滅行蹤的？」

黑衣人往後摸去，來到特定一扇窗外，偷看房內，靜靜守候。片刻過後，屋內有機可趁，他立刻開窗，翻身入屋。莊森正好找到個空檔，迅速溜到正廳門口，抓了自己的包袱，又回到側牆旁邊。莊森尋思：「德王跟我沒有多大交情，他家的事，我也管不了那麼多。這黑衣人不管有何企圖，總是與我無關。我這就走了吧？」

屋內突然傳出打鬥聲響，有人大叫：「有賊！大家快來！」前庭裡的士兵連忙衝入大屋，往叫聲處跑去。霎時間，屋裡金鐵交擊，桌翻椅倒，打得非常熱鬧。

莊森一看前院空了，就算自己大搖大擺走出去也不會有人阻攔，心想：「這黑衣人不知什麼來頭，我要不要去幫他？眞是，今日午後還在閒著沒事幹，如今事情就一樁接著一樁來。」

屋裡有人叫道：「困住他了！」「這下他插翅也難飛啦！」「好傢伙，砍傷官兵！一會兒有你受的了！」

莊森站在牆邊，遲疑著要不要走。蔣玄暉誅殺九王，手段自然凶殘，但朱全忠想當皇帝，李氏親王遲早都要殺的。莊森心中，並沒有眞的把宣武軍當作敵人，畢竟，天下一日不統一，亂世就一日不會結束。他雖不認同朱全忠的手段，始終不肯加盟梁王府，但心裡早就認定朱全忠有朝一日會當皇帝。要是宣武軍魚肉百姓，撞見了自然要管，但此刻他們是在捉拿賊人，該不該管就很難抉擇。

接著屋裡傳來士兵淫笑：「是個娘兒們，還有幾分姿色呢！哈哈！今晚有得樂了。」

莊森二話不說，轉身走入屋內，一邊往內堂尋去，一邊聽著士兵起鬨。「隔壁有床啊！直接拉過去吧！」「哇，你看她白白嫩嫩，眞是個小美人呀！」

莊森闖入內院，見到廂房外有數名士兵正在跟個黑衣女子拉扯。那女子掙扎中參雜擒拿手法，看得出練過上乘功夫。只因內力不足，胳臂也不夠粗，對付不了宣武大漢。莊森足下輕點，飄身而上。三個士兵只覺得眼前一花，什麼都沒瞧清楚，身上已經中拳。

宣武軍皮糙肉厚，只練過粗淺功夫，哪裡受得了莊森一拳。餘下的士兵見同伴倒地，知道有人偷襲，紛紛警覺。領頭的王大哥連忙叫道：「什麼人膽敢毆打官兵，活得不耐煩了嗎？」

這話一說完，又倒下四個，只剩他老兄一人還站著。王大哥極識時務，當場下跪，說道：「英雄，你饒了小人吧！」

莊森點了他穴道，朝黑衣女子抱拳說：「姑娘，今晚德王府乃是非之地，妳還是快離開吧。」

那女子原以爲貞節不保，哪想到天上掉下來個救命恩人。她連忙拜倒，口稱恩公，說道：「感謝恩公搭救。小女子今日爲事而來，辦完了事立刻就走。」

莊森上前扶起她說：「姑娘不必多禮。拔刀相助，分所應爲。宣武軍全都躺下了，妳就趕快辦完事情走吧。」語畢，不再理會黑衣女子，轉身走回正廳，來到前院，朝跪在地下的德王府下人說道：「各位，德王已死，宣武抄家，也不知道會如何處置各位。你們若擔心自己性命，這就去收拾點銀兩，盡快離城。」

王府的人紛紛起身，跑去宣武兵搬出來的箱子旁搶錢。本來宣武軍未必會爲難下人，頂多發配到其他人家做事。但他們長年待在李氏家族中，耳濡目染，認定朱全忠是十惡不赦的大惡人，萬一落到他手裡，還有不被凌遲處死的？眾人搶了銀子，各自回房收拾行李。

午間去請莊森的總管來到莊森面前，流淚問道：「敢問莊大俠，我們家王爺眞的死了嗎？」

莊森嘆氣點頭：「我親手闔上王爺雙眼。他與其他八位王爺全都死在蔣玄暉手下。」

總管泣不成聲，癱跪在地。莊森不知該如何安慰他，只好說：「總管，我打了宣武軍的人，他們之後定要報復。你不要待在王府，跟大家一起去收拾細軟吧。」

總管尙未起身，適才的黑衣女子步出正廳，抓起總管衣襟就問：「你是德王府的總管？我問你，半個月前有人來找德王，說能帶他遠離亂世什麼的。那人可有留下東西？」

總管說：「姑娘要找桃源帖？」

黑衣女子喜道：「有帖？太好了。快給我！」

莊森輕輕拉開她：「桃源帖在我身上。」說著摸出桃源帖，遞給黑衣女子。

黑衣女子連忙翻開帖子，臉色立刻一沉：「『亂世避戰禍，潛居桃花源』？就這兩句話？什麼都沒說啊！」

莊森問她：「姑娘找這帖子，是何緣故？」

那女子抬頭看著他，目光懇切地說：「恩公，他們抓了我爹。我要想辦法救他。」

莊森聽出此事一言難盡，便說：「此地不宜久留，咱們換個地方說話。」又轉頭對總管道：「宣武軍的人都讓我點了穴道，半個時辰後便會解開。你們不可逗留，不然麻煩大了。」

總管說：「莊大俠……」

莊森揮手打斷他：「別讓宣武軍的人知道我是誰。我也不想惹這麻煩。」

總管忙點頭：「是！小人就算是死，也絕不透露莊大俠的身分！」

莊森搖頭：「沒那麼嚴重。你若落入他們手中，性命交關之刻，把我供出來也無妨。我只是不想惹麻煩，倒也不怕他們。」

他領著黑衣女子走出德王府，東張西望確認附近沒有宣武軍，這才朝東往燈火處走。轉出巷口，來到有酒樓的大道，他放慢腳步，轉頭對黑衣女說：「在下玄日宗莊森，請教姑娘大名。」

黑衣女吃了一驚，忙停下來說：「原來恩公就是大名鼎鼎的莊大俠。江湖上人人都說莊大俠雖爲玄日宗二代弟子，武功卻已超越貴宗梁掌門，乃是下任武林盟主的不二人選。小女子得遇大俠相救，實在三生有幸。」

莊森輕拉她手肘，繼續往前走，輕聲道：「大街上閒聊呢，不要引人注目。客套話就免了，姑娘究竟何人？」

黑衣女恭敬說道：「小女子姓孫，名紅塵。家父孫了緣，江湖人稱了緣居士。」

莊森沒聽說過了緣居士，只好尷尬地笑說：「原來是孫姑娘。妳說有人抓了令尊，究竟是怎麼回事？」

孫紅塵說：「十天前夜裡，有兩個男人來到我家，說找我爹談生意，想請他老人家去城外樹林擺個旱八陣。我爹細問他們擺出此陣用在何處？他們說想建桃花源，供人避亂世。我爹聽了，深感興趣，便與他們詳談，一談就是兩個時辰。最後我爹認爲他們畫下大餅，不切實際。桃花源若是在山中找座山谷，封住谷口，也還罷了。要打造有錢人的莊園城鎮，還帶農地自給自足，迷魂八陣不可能面面俱到，因而拒絕他們。沒想他們當場翻臉，就把我爹抓走了。」

莊森問她：「妳爹精通八陣圖嗎？」

孫紅塵點頭說：「我家祖上自稱是臥龍先生的嫡傳弟子。不過莊大俠或許也知道，我們同行每家每派都自稱師承臥龍先生，誰眞誰假，我爹也不敢斷言。我只知道我爹的學問貨眞價實，二十年前我們家鄉楊田村一百多個村民就是靠我爹擺的水八陣，才在溪谷之中躲過黃巢大軍蹂躪。」

莊森讚道：「原來了緣居士是大英雄。」

孫紅塵臉紅低頭：「莊大俠取笑了。我爹不願從軍當謀士，這些年來推辭過好幾位節度使的邀約，寧願待在洛陽，當個風水堪輿師傅。他認爲當今世上，無人有力平天下，打仗只是殺傷人命，毫無意義。他寧願幫人看看風水，起碼有利於百姓。」她停頓片刻，又說：「莊大俠，我看你揹著包袱，今晚可有地方下榻？舍下就在附近，不如來暫住一宿？」

莊森揚眉問道：「孫姑娘家還有其他人嗎？」

孫紅塵笑著說：「我爹不在家，就我一個人了。莊大俠不必擔心，寒舍雖然不大，還是有客房的。莊大俠打了宣武軍，就怕他們要來搜捕你。住在客棧，危險得很。住民房裡，他們就找不到了。」

莊森不擔心德王府的士兵，但自己在九曲池中打傷蔣玄暉，對方只怕不肯善罷甘休。他說：「那就叨擾姑娘一宿了。我明日一早便會離開洛陽。」

孫紅塵笑了一笑，帶莊森轉向路旁側街。她邊走邊說：「恩公，其實小女子有私心，想請恩公幫忙救爹。」

莊森倒沒想過要不要去救她爹。桃源帖之事，他本就有心追查。一來想知道主事者找了多少出得起黃金千兩之人共襄盛舉；二來也想弄清對方是玩真的，還是在騙錢。他說：「亂世之中，若眞有桃花源，倒也是件美事。但那主事者竟然說要進桃花源得出黃金千兩，那是只有富者才能避禍了。人窮呀，想要躲開亂世都不行。」

孫紅塵眼睛一亮：「莊大俠知道桃花源的事？」

莊森點頭：「德王跟我提過。帖子上沒寫，但送帖之人有說，若對桃花源感興趣，就在今年中秋前往無道仙寨的龍蛇樓參加桃源大會。妳找桃源帖，就是想知道這個吧？」

孫紅塵喜道：「是呀！多謝恩公！」跟著又愁容滿面：「但是無道仙寨……我一個弱女子又怎麼去得了呢？」

那無道仙寨乃是中土境內最龍蛇混雜的地方，位於山南道西境欲峰山，佔地廣大，五萬多人。當年黃巢殘部堅守欲峰山，節度使的兵馬屢攻不下，於是約法三章，劃欲峰山爲不管地帶。只要匪軍不出山，節度使就不會派兵攻打。

久而久之，欲峰山就變成亡命之徒的避禍之地，山上的無道仙寨越蓋越大，變成一座無法無天的大山城。舉凡仇家追殺、躲避官府、黑市交易、媒合人才，都可以到無道仙寨碰碰運氣。反正官府不管。然則無道仙寨是個不論是非對錯，只比拳頭大小的地方。一入仙寨，後果自負，無力防身之人，入欲峰山只會成爲待宰肥羊。

莊森說：「我也沒去過無道仙寨，趁機去開開眼界也好。」

孫紅塵大喜：「莊大俠，你願陪我同去嗎？」

莊森苦笑一聲，又想搖頭，又想點頭。這孫紅塵看起來二十來歲年紀，論姿色及不上趙言楓或月盈，但也算是出類拔萃的美女。她言談舉止都十分恭敬，故事也說得合情合理，但莊森心裡就是有種被她吃定了的感覺。彷彿從在德王府伸出援手的那一刻起，孫紅塵就已經打定主意要纏著莊森去幫她救人。

莊森暗自嘆息，心想：「孫姑娘救父心切，我卻在這裡腹誹她利用我。其實爲救父親，利用一下武林高手也沒什麼錯呀。我輩學武之人，練好武功就是要讓人盡情利用的，是吧？唉，桃花源呀桃花源，桃花源可以去，這桃花運可不能亂交。」

一會兒工夫來到孫家，一看是間沒前院的小民房。開門入廳，孫紅塵沏了壺茶請他稍坐，隨即入內整理客房。莊森一邊喝茶，一邊思考今日之事。待孫紅塵整理完畢，出來請他入房休息，莊森說先不忙，要她坐下，說道：「桃源帖的主人廣發此帖，又約定了中秋開桃源大會，照說應該已有建設。有什麼理由來洛陽發帖，還要抓妳爹擺陣呢？」

孫紅塵說：「我聽他們說話，似乎是德王要求示範，他們才找我爹去擺旱八陣的。」

莊森皺眉：「這就是了。此事玄幻，難以服人。他們既然發帖，自然料到會有人要求示範，爲何不帶自己的方士來，要在地方臨時找人？」

孫紅塵也覺得奇怪，問他：「莊大俠以爲如何？」

莊森搖搖頭說：「我怕他們是假的。招搖撞騙，發帖吸金，根本沒打算建設桃花源。」

孫紅塵想想說：「也可能他們遇到難關，需要我爹幫忙。我聽他們說話之間，倒也眞懂些奇門之術，並非門外漢。我爹在江湖上名聲不響，但在方士界也是泰斗級的人物。若說他們是聞名而來，倒也說得過去。」

莊森問她：「來人可有自報姓名？」

孫紅塵竭力回想：「我只記得一個姓王，一個姓張，自稱是三奇宮的弟子。說他們師父西門木乙在主持此事，東方蓬萊島的蓬萊老仙也有加盟。」

莊森倒是聽說過三奇宮。他們本來依附在朱全忠手下，乃是梁王府的食客。據說有一回朱全忠打李茂貞，兩軍隔江對峙，朱全忠要西門眞人借個東風來增加羽箭射程，西門眞人借成了西風，導致宣武軍戰敗，之後三奇宮就被趕出梁王府。

莊森把這件事情說了出來，孫紅塵笑著搖頭：「借風的傳言，我們也聽過，但那多半是外人加油添醋。風乃天象，能觀難改。若說要透過風水之法引導小範圍的風向，只要時間充足也不是問題。但想在短時間內改變江面風勢，除非湊巧，不然絕不可能。西門木乙是聰明人，不會答應朱全忠這種無理要求。我猜他們被趕出梁王府多半另有內情。有機會見到，不妨問問。」

莊森點頭說：「三奇宮和蓬萊島。這些人有名有姓，總算也有線索可查。明天我們先去琵琶谷，瞧瞧妳爹擺的旱八陣。」

孫紅塵問：「旱八陣擺在琵琶谷嗎？」

莊森說：「德王是這麼說的。在下對奇門遁甲之術略有研究，並不專精。觀摩觀摩大師擺的陣法，正好長點智慧。」

第三章 迷魂林

一夜無話。第二日孫紅塵起了個大早，生火煮粥，服侍莊森好好吃了頓早飯。收拾乾淨後，她拿出昨晚包好的行囊，隨莊森一同出門。到城門口，一看守衛拿著畫像比對出城男子，盤查嚴苛。

孫紅塵有熟識的城門衛士，上前攀談幾句，走回來對莊森說：「聽說是樞密使蔣玄暉昨晚遇刺，遭人打傷，此刻正大張旗鼓，捉拿嫌犯。幸好不是爲了德王府的事，咱們出城吧。」

莊森忙攔著她說：「蔣玄暉也是我打的。」他走入附近一條僻靜小巷，在地上攤開包袱，取出假鬍鬚，用膠水黏上。如此臨時喬裝，瞞不過熟人，但靠畫像認人的衛士就不怕了。

孫紅塵問他：「莊大俠沒事都帶假鬍鬚出門呀？」

莊森苦笑：「我輩行走江湖，一個不留神就會毆打樞密使、兵馬使、刺史什麼的。帶點假鬍鬚在身上隨時喬裝，合理？」

出了城門，趕往琵琶谷所在的香山。莊森上回來時曾造訪過山腳客棧，託掌櫃的幫他抓藥醫治月盈。如今舊地重遊，掌櫃的倒還認得他，門口瞧見莊森二人走過，立刻倒了兩杯水迎上去敘舊。莊森謝過掌櫃的水，掌櫃的笑呵呵地說：「莊公子風流俊俏，遊山玩水總有美女陪伴。眞是福氣，眞是福氣呀！」

孫紅塵臉紅，莊森卻不扭捏，只說：「掌櫃的說笑了。孫姑娘只是朋友。」

掌櫃的問：「那上回的月姑娘呢？」

莊森一愣，說道：「掌櫃的記性倒好。」

掌櫃的說：「月姑娘花容月貌，是我這輩子見過最美麗的女子。當初我拐著彎跟你問了好久，才終於套出她姓月呢！哈哈哈哈。」

莊森喝乾了水，把杯子還給掌櫃，說道：「掌櫃的別不正經。我跟你打聽打聽，有沒有人最近在琵琶谷附近迷路的？」

掌櫃神色驚訝：「咦？你怎麼知道？三天前，山腰獵戶老陳的兒子小石頭說去琵琶谷抓魚，結果失了蹤。老陳入山去找，跟著也迷了路，最後是摔下山溝，才爬回來的。他說那琵琶谷外有片樹林十分邪門，一進去就出不來了。附近鄰居拿紅繩綁著，入林搜索，然後再拉著繩回來。這樣又找了兩天，還是沒找到小石頭。」

孫紅塵拉莊森手肘，急道：「怎麼會這樣？擺了迷魂陣卻不收陣，這不害人嗎？我爹絕不會做這種事的。」

莊森說：「或許他身不由己。掌櫃，那片樹林讓高人擺了迷魂八陣，若不懂得奇門遁甲之術，入陣後是出不來的。這位孫姑娘精通奇術，能破此陣，掌櫃能帶我們去嗎？或許還趕得及救那小石頭。」

掌櫃連忙吩咐伙計看店，帶著莊森二人趕往琵琶谷。到了谷外樹林，一看每隔十餘丈就有人牽著紅繩，等在林外。掌櫃集合鄉民，招回搜林之人，說是來了救星，大家深感欣慰。獵戶老陳連忙衝到孫紅塵面前，咚的一聲下跪，說道：「女俠，求妳救救小兒。我父子倆相依爲命，妳一定要救救他呀。」

孫紅塵趕緊扶起老陳，說了些安撫話，對莊森道：「莊大俠，我們找個高處瞧瞧這片樹林。」幾個熱心獵戶帶他們爬上西邊的山丘，俯瞰樹林。

莊森細看半天，並不說話。孫紅塵只看了樹林一眼，便開始打量莊森的目光，她說：「這片樹林依排宮法布陣，分開、休、生、傷、杜、景、驚、死八門。其中開、休、生爲吉門，死、驚、傷爲凶門。杜門和景門是中平門。我說到哪兒，莊大俠看到哪兒，看來莊大俠對奇門遁甲之術也有一定心得。」

莊森皺起眉頭問她：「林頂茂密，看不眞切。但就我看來，各門吉凶似乎做過變動，杜景二門也不平安。」他側頭看向樹林東側、臨接琵琶谷處，又說：「獵戶老陳摔下山溝，似乎就是從景門出來的。」

孫紅塵秀眉緊蹙，終於回過頭去端詳樹林：「這可不對呀。我爹布陣，最重規矩。一來是爲了讓同道中人有跡可尋，二來是因爲任意更動會有風險，一個算錯就連自己都出不來。他爲何顛三倒四，做了這許多變動？」

莊森說：「或許是爲了擺脫三奇宮的人？」

孫紅塵喜道：「是了！一定是這樣，說不定我爹已經逃出去了。」她輕拍莊森肩膀，說道：「下去吧，我看懂門道了。我爹布陣時採用排宮法，入陣後卻又轉爲飛宮法，多開了一道中門。八門變九門，各門的屬性也就隨之而轉。」

一眾獵戶和莊森跟在她身後往下走，莊森摸著腦袋問道：「中門在哪裡？」

孫紅塵解釋：「依照遁甲之意，隱於八門之中，藏而不現。我且不告訴莊大俠，你入陣後，自己找找看吧。」

獵戶留在林外，二人獨自深入林間。孫紅塵挑了兩棵大樹作爲入林之所，莊森以爲是死門，孫紅塵卻說是生門。莊森一入樹林，便覺得有些透不過氣，眼皮沉重，頭皮發麻。他把異狀告訴孫紅塵，孫紅塵說：「那些都是心神遭受陣法迷惑的癥狀。大俠內息順著手少陰心經運行，刺激雙眼，可舒緩許多。」莊森照做之後，登時感到好轉。看東西不再吃力，林間的景象也清晰起來。

孫紅塵繼續說：「我爹只擺了迷魂陣，沒有催動旱八陣中克敵傷人的功效。要不然，其中落葉如刃，飛沙走石，眞會讓人進得去，出不來。」

莊森平空想像，深感佩服。他說：「如此厲害，難怪節度使要來請他當謀士。」

孫紅塵在前帶路，毫不遲疑，彷彿這樹林是從小走熟了般。她邊走邊說：「我爹說飛石陣、尖刀陣那些殺傷太大，會折陽壽，非不得已，絕不能用。他這輩子也只有在楊田村溪谷中擺過一次。當年我年紀幼小，但那血腥之象至今依然歷歷在目。溪谷之中血流成河，前來屠村的黃巢軍一個都沒逃掉。如今他自己身處險境，依然不肯擺陣傷人，就是這個緣故。」

莊森跟著她走，沿路辨識門道，隱約看出哪些石頭和樹木與布陣有關。這類迷魂八陣只要看出端倪，移除某些關鍵木石，往往就能破除部分陣形。莊森看見腳邊有塊布陣用的大圓石，一腳踩上就想把石頭推開。

孫紅塵阻止他說：「莊大俠，不要。那是我爹故意留下的陷阱，目的是爲了混淆三奇宮的追兵。我們要破陣，先等找到中門再說。」莊森連忙收腿，乖乖跟在孫紅塵身後，再也不敢亂碰東西。他知道自己這種似懂非懂的半吊子是最容易壞事的。倘若他什麼都不懂，自然不敢亂碰。懂點皮毛就自作聰明最要不得了。

孫紅塵在林中左彎右拐，一開始還有脈絡可循，後來莊森就越看越迷惑，決定不再多想，跟著走就是了。不多時他們來到一塊雜草特別高、樹木生得特別密的林地。孫紅塵打量地上的一塊大石，轉頭對莊森說：「莊大俠，你從這兩棵樹中間走進去，然後把那塊大石擋在中央。」

莊森依言照做。那塊大石一落地，莊森立刻感到頭昏眼花。他抬起頭來，東張西望，四周的樹林密到幾乎令人喘不過氣來。正想循原路回去，卻發現剛剛還在腳邊的大石頭已經不知去向。理應不出一丈遠的孫紅塵也完全看不見蹤影。他心裡驚慌，強作鎮定，揚聲道：「孫姑娘，妳在嗎？」

孫紅塵的聲音彷彿自遠方傳來，斷斷續續的：「我在呀。這裡就是景門了。我爹是在此困住三奇宮的人，但是對方有點本事，推開石頭逃了出來。要不是這景門石移位，獵戶老陳也不可能從這邊摔下山溝。莊大俠，你要我放你出來，還是想要自己試試？」

莊森得知這裡是景門後，立刻計算方位，找出剛剛那塊景門石該在的位置。但他怎麼看，那裡就是一塊大樹墩和雜草。不是讓樹墩和雜草蓋住，而是實實在在的樹墩和雜草。莊森深吸口氣，運轉勁訣，讓體內功力沿手少陰心經上眼，然後走足厥陰肝經往下，在丹田之中轉勁，如此運行三周，眼中的幻覺消失，才終於看清景門石。他雙掌一夾，提起景門石，走出密林，來到孫紅塵身邊，將大石丟向遠處。

孫紅塵嘖舌道：「莊大俠真神力，這麼大塊石頭說丟就丟。再說你短短時間就開了景門，奇門術數的造詣可不簡單。你是用九宮法推算的，還是三奇六儀法？」

莊森說：「慚愧了。在下也沒怎麼推算，就是照孫姑娘教的法門，用內力驅退幻象，直接搬石頭出來。」

孫紅塵合不攏嘴：「你的內力也太強了吧？」

莊森笑道：「術業有專攻嘛。孫姑娘，那小石頭已經失蹤三日，我們還是盡快把他找出來為上。」

孫紅塵再度起步，莊森連忙跟上。孫紅塵說：「我爹為了應敵，不能撤銷陣法，但他有在迷魂陣中留後路，避免鄉民誤闖。小石頭在林中迷路三日，此刻多半已經到了中門。跟著我定能找到他。」

不一會兒工夫，兩人轉過一塊巨石，來到一片有山澗流過的小空地。陽光灑落，照亮躺在地上的一條小身影，多半就是陳家的小石頭了。莊森和孫紅塵快步上前，蹲在小孩身邊，伸手搖他：「小弟弟，醒來。」

小孩揉揉眼睛，坐起身來，看著兩人說：「我迷路了，我要找爹。」

莊森鬆了口氣，自行李中拿出一塊餅給他：「你餓了嗎？先吃點餅。你是小石頭吧？你爹已經找了你三天了。我們這就帶你出去。」

孫紅塵說：「莊大俠，你帶小石頭朝西而行，路上遇到布陣用的石頭就踢開。我留在林裡撤陣，半個時辰後，我們在琵琶谷口見。」

莊森抱起小孩，一面往西走，一面踢石頭，樹林越來越稀疏，走到最後，樹木的數量跟剛入林時相比已然少了一半。不多時便走出樹林，獵戶聚集在百丈外的位置等候，一看他抱人出來，全都衝了過來。莊森把小石頭交給老陳，就要道別。老陳哪裡肯放他走，連忙拉著他說：「恩公，小兒的命是你救的！就算恩公不放在心上，至少也讓我們設宴道謝啊！」

莊森抱拳道：「這種路見不平、拔刀相助的事情我常幹，各位眞的無須放在心上。我與孫姑娘此行香山其實另有要事，趕著處理，這就別過。」

來到琵琶谷口，孫紅塵尚未抵達，莊森就先入琵琶谷走走。他曾與月盈在谷中共處月餘，堪稱回歸中原以來最無憂無慮的一段日子。如今時常回憶起那段日子，也常想起月盈的倩影。一別兩年，也不知道何年何月才能再度相見。他心想：「我曾想與盈兒長相廝守，但她總說還有大事要辦。當初我也覺得大事得辦，但如今這個世道……什麼叫救國救民，各有各的想法。幫了這邊，壞了那邊，對天下有沒有好處，誰也不知道。唯一能夠肯定的就是像今天這樣救一個小孩，那是絕不會錯的。但亂世之中救個孩子，究竟又能改變什麼呢？唉，莊森呀莊森，你救人難道是爲了要改變什麼嗎？」

這時孫紅塵來到谷口，揮手打斷他的思緒。「莊大俠！我在那裡發現有血跡！」

莊森跟著她走去，看到有棵樹上有道血手印，鄰近地上滴了些血，但是再往外走幾步又沒有了。莊森說：「看來此人出了樹林立刻就包紮傷口，血流既然止了，他的傷多半不礙事。妳認為是妳爹嗎？」

孫紅塵點頭：「只有我爹從此處出林。追他的人是從景門那裡出來的。」

莊森左右看看，說道：「妳認為他是下山了，還是進琵琶谷了？」

孫紅塵推測：「他若下山，沒道理不回家找我。我猜他是往琵琶谷裡去了。」

莊森領著她入谷搜查。當年他在琵琶谷裡搜尋趙遠志的下落，早把谷中地形記得滾瓜爛熟。先找了谷口附近幾個適合躲人的地方，在其中一個大石下發現最近有人躲藏過的跡象。那附近有樹枝折斷，似乎是打鬥痕跡。他說：「妳爹在這裡又讓人追上了。他功夫如何？」

孫紅塵苦惱：「比我好一點，但他向來不以武功見長……」

莊森說：「再找找。」他們往谷裡搜去，又發現了三處打鬥痕跡。顯然追他的人武功也沒高到哪裡去，這才能讓他且戰且走。兩人搜了一圈，毫無頭緒，光憑打鬥痕跡，難以判斷最後了緣居士究竟是被抓了還是逃出生天。眼看天就要黑了，莊森帶孫紅塵來到當年與月盈居住的山洞外空地，說道：「差不多就剩這裡沒搜過了。」

孫紅塵尚未見到山洞，指著空地上用石塊圍起來的小圈說：「有人在這裡生過火。」

莊森記得那是他兩年前生火煮藥的地方，但石圈中還有灰燼，似乎最近有人用過。他點了點頭，往山壁上一指，說道：「那裡有個山洞，還算寬敞，可以住人。」

兩人來到洞口，聞到洞中一陣惡臭。孫紅塵大急，立刻要衝進去，莊森拉著她搖頭說：「我先進去看看。」

孫紅塵急得淚水在眼中滾，「我爹……我爹……」

莊森安撫她：「不要急，等我看看。」

他全神戒備，步入山洞，一看當年用乾草和樹葉鋪成的小床上躺了一具屍首。莊森用衣袖捂住口鼻，走近了看，死者身上爬滿腐蛆，面目依稀可辨，能看出年紀不大，多半不會是了緣居士。他聽見孫紅塵在洞外直問，於是張口喊道：「不是妳爹，應是追他的人。」

孫紅塵入洞，瞅了屍首一眼，立刻衝回洞外嘔吐，邊嘔邊說：「是了，他是三奇宮姓張的那個。」

莊森沒驗過腐屍，不知道該不該動手碰它。他回到洞外，拔了根拐杖粗細的樹枝，又返洞內，用樹枝在屍體身上戳來戳去。弄了半天，最後他丟下樹枝，步出洞外，對孫紅塵說：「他是給人用掌力震死的。從胸骨斷裂的程度來看，打他的人內力不強，但確實是高深掌法。令尊練過什麼掌法嗎？」

孫紅塵皺眉：「我沒見他打過掌法。他只教過我一套臥龍拳法。不會是用拳頭打的嗎？」

莊森搖頭：「不一樣。倘若不是令尊打的，那就是有人救了他。」他心中浮現趙遠志還在琵琶谷的希望，但也知道不太可能。倘若趙遠志還在谷裡，自當會埋葬此人，不會任由屍身躺在洞裡腐爛。他拿出一張沾了屍水的信紙，又說：「他身上有封信。他師父要他送完帖後趕去『雲緲中天』跟大家會合。」

孫紅塵問：「雲緲中天是什麼地方？」

莊森搖頭說：「沒聽過。得找人打聽打聽。可惜河東道已經沒有玄日宗分舵了。話說回來，孫姑娘知道三奇宮在哪裡嗎？」

孫紅塵想了想說：「朱全忠把三奇宮的人趕出梁王府後，就派兵燒燬三奇宮。之後他們就居無定所，沒人知道在何處落腳。奇門術數，習之不易，以致方士門派通常都不大，多半是家傳學問。三奇宮雖然只有幾十個人，在方士界已算大門派了。不過他們弟子的資質良莠不齊，就跟從前貴派一樣，只要付錢，他們就肯教。」

莊森哼了一聲說：「舉凡這種以營利為主的門派，通常都有不肖弟子在外招搖撞騙。孫姑娘可有想法？」

孫紅塵靈光一現：「蒲州中條山有個歐陽散人，當地人稱歐陽大仙，據說能幫人消災解厄，升官發財。他是西門木乙的師弟，名叫歐陽水丙。有沒有本事我不知道，但我爹說相面算卦做到能發財的，通常都不是正派人物。」

莊森點點頭說：「蒲州往西，也在前往無道仙寨的路上。那蓬萊島太遠，得乘船出海，要找他們的話，不可能在中秋前趕回無道仙寨。咱們先去蒲州找這個歐陽散人，倘若查不出線索，再去金州找玄日宗幫忙。」

孫紅塵看向西方晚霞，神色憂慮地說：「只希望我爹已經逃出他們的魔掌就好了。莊大俠，剛剛看到死屍，我嚇得六神無主，以為從此就沒了爹爹。如今雖然沒找到爹，但有莊大俠拿主意，知道接下來該怎麼做。我的心也安定些。要是沒有遇上莊大俠，我真不知道該怎麼辦。」

莊森笑道：「孫姑娘冰雪聰明，就算沒有我在，也會有主意的。要不是因為孫姑娘，那小石頭只怕凶多吉少。今日我只是跟班，妳才是女俠。」

晚霞消散，夜色降臨。孫紅塵問他：「女俠累了一天，都快走不動了。莊大哥，我們就在琵琶谷露宿一宿嗎？」

莊森在外行走慣了，本不在乎餐風露宿。但他聽孫紅塵改口叫大哥，顯然流露出親近之意。這也沒什麼，叫他莊大哥的女人從來沒少過，反而孫紅塵一直叫莊大俠聽得有點不自在。但這琵琶谷是當年他跟月盈翻雲覆雨之處，今日舊地重遊，腦中早就不只一次浮現月盈的嬌軀和情意。要他跟另一個美貌女子在谷中共度一宿，莊森深怕自己把持不住。他說：「客棧不遠，月色明亮，我們還是出谷投宿吧。」說完轉身就走。

孫紅塵輕嘆一聲，快步跟了上去。

第四章　拜大仙

數日之後，來到蒲州。兩人在城裡找好客棧下榻，稍事休息，便向掌櫃的打聽中條山的所在。掌櫃的聽說他們要去中條山找歐陽大仙，當即笑道：「客官，這歐陽大仙可得是有緣人才見得到呀。好多人到了中條山，從山腳下三跪九叩上山，到了中陽洞還是見不到大仙一面呀。」

莊森吃了一驚：「這大仙還活著，大家就跪拜上去呀？」

掌櫃的不高興了：「客官怎麼這麼說話，我們歐陽大仙是出了名的活菩薩呀！只要經過他指點迷津，要財得財、要官得官、求子得子，求公道就有公道！拜他呀，可比拜菩薩靈驗多啦！」

孫紅塵聽得嘴都歪了，問他：「如此靈驗，掌櫃的可有去求他什麼過？」

那掌櫃的忙搖手說：「我福分不夠，與大仙無緣，拜上去三次都沒能見到大仙一面，每次都被洞門外的金童玉女擋下了。大仙他老人家總是忙著求雨祈福，保萬民平安，我那點小心願當然入不了他老人家法耳啦。」

莊森問他：「掌櫃的，你想求大仙什麼？」

掌櫃的說：「唉，咱們蒲州城，從三年前就出現一種怪病。患者咳嗽不止，還會吐血，體質差的人患病月餘便不治身亡；體質好的人也得臥病在床，不事生產，變成家人的負擔。城裡的醫生束手無策，不僅除不了病灶，連那是什麼病都說不出來，我們本地人就把這病喚作吐血症。我那苦命的兒子得了吐血症，已經在床上躺臥半年。我每隔兩個月就上山一回，始終無緣拜見大仙。」

孫紅塵說：「醫生都束手無策，難道那歐陽大仙就能治癒此症嗎？」

掌櫃說：「大仙有神藥金丹，可治百病。年初陳員外的小兒子得了吐血症，就是大仙給治好的。」

孫紅塵哼了一聲，說道：「不消說那金丹要價不菲，只有員外買得起了？」

掌櫃忙說：「姑娘不可羞辱大仙！歐陽大仙乃世外高人，視錢財如糞土，妳當他是賣藥的郎中嗎？」

孫紅塵還要再爭，莊森拉了拉她，轉對掌櫃說：「生病該看醫生。在下對醫道有點心得，掌櫃的如不嫌棄，且讓我爲貴公子把把脈，可好？」

掌櫃的垂頭喪氣：「這位公子，莫再給我希望。我們城裡的神醫王大夫都治不好小兒，你不過有點心得，又濟得了什麼事？」

莊森笑道：「其實我說有點心得，乃是自謙之詞。在下曾得青囊山莊崔大夫傳授醫術，一般世俗名醫，給我提鞋也不配。掌櫃的若眞爲兒子好，趁早讓我看看他吧。」

那掌櫃忙道：「既然如此，便請先生看病。倘若先生眞能治好小犬，你住一輩子，房錢都不跟你收！」

掌櫃讓小二看店，領著二人穿街走巷，趕回自宅。吐血症會傳染，即使在自家中，也得住在最偏遠的小房間，遠離所有家人。掌櫃的帶莊森穿越後院，來到最僻靜的廂房，拿起掛在門旁的面罩說：「莊大夫，請戴面罩。」

莊森讓孫紅塵跟掌櫃等在外面，自己戴上面罩進屋。屋內不通風，還生了爐火在煎藥，感覺異常悶熱。莊森百毒不侵，本不須戴面罩入房，但聽掌櫃把這怪病講得如此厲害，還是小心爲上。

他來到病榻之前，打量病人神色，探其脈搏，詢問病情，接著揭開藥壺聞了聞，走到藥櫃旁，看看放在上面配好的藥包，最後點了點頭，回到屋外，關上房門，對掌櫃道：「掌櫃的，這吐血症雖不常見，卻不難治。我對症思索，心中已有打算。奇怪的是，我想開的藥方，令郎已經在吃了。敢問掌櫃，房內藥爐裡煎著的藥，是誰開給令郎的？」

掌櫃皺起眉頭：「怎麼又在煎藥了？」

他回屋裡去找了妻子出來詢問，掌櫃夫人答道：「昨日有位年輕公子送來藥方，說能治吐血症。我去藥房依方抓藥，煎藥給孩兒吃。此刻才服過一帖藥，也不知有無功效。」

掌櫃不高興了：「這來歷不明的藥方，妳怎麼隨便給孩子吃呢？」

掌櫃夫人說：「孩兒病成這樣，群醫束手無策，難道吃了還能更糟嗎？況且，我聽藥房溫大夫說，城裡有很多人都拿了這藥方來抓藥，據說對吐血症有奇效。我要是昨天沒趕著抓，藥材很快就會缺貨，配不齊了。」

莊森說：「掌櫃的不怕，這藥是對的。莊某敢保證，三日之內，藥到病除。夫人，那送藥的年輕人可有報姓名？」

掌櫃夫人說：「他說姓趙。」

莊森問：「他可有說在何處落腳？倘若病情有變，妳該上哪兒去找他？」

夫人答：「趙公子沒有交代。只說藥到病除，不會有變的。」

解決此事，莊森和孫紅塵離開掌櫃家，在門口對掌櫃道：「令郎服了這藥，病情很快就會好轉。倘若有變，你再找我過來便是。掌櫃的先回客棧忙去吧，我們要上中條山走走。」

掌櫃說：「莊大夫，就算歐陽大仙願意見你，你們趕到中陽洞也快天黑了。我看明天再去吧？」

莊森笑道：「天黑更好。」

兩人別過掌櫃，出城而去。孫紅塵問吐血症是怎麼回事，莊森說：「他不是生病，而是中毒。依症狀和脈象推斷，是中了嶺南一帶以動物屍首培植的菇毒屍傘霜。下毒之人有抑制藥性，減輕中毒症狀，除非天生體質纖弱，否則正常人只會臥病，不會死亡。」

孫紅塵怒問：「什麼人會用這種毒藥對付一個小孩子？」

莊森說：「不是私怨。既然蒲州城內三年來有許多人都中過此毒，顯然下毒之人是想製造有怪病傳染的假象。屍傘霜可以入藥，乃是嶺南一帶方士煉製金丹的藥材之一。我猜下毒之人多半是想利用此病賺錢。」

孫紅塵大怒：「難道是歐陽大仙？但若是他，掌櫃的爲此求見，他又爲何不見？」

莊森搖頭：「不知道。或許正如孫姑娘所說，金丹價格昂貴，沒錢的人吃不起。此刻證據薄弱，我們也不好胡亂冤枉人，且去中陽洞瞧瞧再說。」

孫紅塵見他眉頭深鎖，問他：「莊大哥，你在煩惱什麼？」

莊森轉頭看她，問道：「我心煩，妳都看出來了？屍傘霜之毒，城內大夫之所以不能治，就是因爲它並非一般疾病，傳統醫書中沒有記載應對之策。不過在醫術有成，又通煉丹術的人眼中，治療此毒並不困難。掌櫃夫人提到的那位趙姓公子，恐怕是我相熟之人。」

孫紅塵靈光一現，激動道：「莫非就是前武林盟主之子，曾兩度代掌玄日宗的趙言嵐趙大俠？」

莊森笑道：「孫姑娘對我們玄日宗的人倒是挺熟。是了，我就擔心是趙師弟。他母親，也就是我四師伯，乃是當今世上醫術第一人。屍傘霜在她面前，不過雕蟲小技，順手就能救治。兩年前他母子倆出走本宗，自創青囊山莊，幹的是懸壺濟世，解救萬民的事業。四師伯若聽說蒲州有怪病，自然會派趙師弟來調查。」

孫紅塵問：「崔女俠號稱『玉面華佗』，當年在玄日七俠中名聲僅次於武林盟主趙大俠，上一代武林人士都說她救人無數，乃是貨眞價實的活菩薩，就連我爹也對她讚譽有加。自從嫁給師兄便退居幕後，少問江湖之事。但兩年前創立青囊山莊後，據說她經常出外看診，仗義助人，醫治病患鮮少假手他人。出面分派藥方的人若是趙大俠，那崔女俠此刻多半也在蒲州了？」見莊森神色苦惱，抿嘴不語，孫紅塵又問：「莊大哥，既然都是熟人，你又發什麼愁？」

莊森語氣尷尬：「他們當然不會無緣無故出走本宗，自立門戶啦。此中緣由，就不足爲外人道了。」

兩年前玄日宗第一代師長爲了爭奪掌門之位大內鬥，節度使因此見獵心喜，催動差點弄得門派覆滅的玄匪之亂。當時情況紛亂，一時三刻也講不明白，總之，莊森的二師伯李命與四師伯崔望雪在成都總壇聯手對付當時的代掌門，莊森之師卓文君。其後李命與崔望雪內鬨，雙雙身受重傷，又雙雙爲莊森所救。接著崔望雪返回總壇，推舉其子趙言嵐代理掌門。李命則中了大魔頭玄黃天尊暗算，化爲乾屍慘死。

之後莊森會合五師伯梁棧生、六師伯孫可翰、師父卓文君，加上趙言嵐的妹妹趙言楓一起回歸總壇，與崔望雪和趙言嵐談判，最終導致崔望雪母子離開總壇，自立門戶。玄日宗由梁棧生繼任掌門，一改從前腐敗門風，確立「只顧民生，不問朝政」的宗旨。

一開始推舉梁棧生當掌門的人是莊森，他本來也深以「不問朝政」的宗旨爲然。但後來行走江湖，才發現當此亂世之中，想要不問朝政太困難了。要做到什麼地步才能各方節度使都不得罪？實在很難拿捏。在處處鉗手鉗腳下，他三不五時就得違反宗旨，破例出手。時至今日，遇上與節度使相關之事時，他幾乎都是表面上中立，實際上處處跟官府作對，特別是宣武軍。

莊森面有愧色地想道：「這回幸虧李裕死了，不然惹上蔣玄暉這個麻煩，搞不好我眞的得去跟梁王當面交代了。」他跟梁王府一眾江湖食客牽扯甚深，有些有私交，有些有私仇，不過與梁王朱全忠始終緣慳一面。他避著朱全忠，朱全忠也沒有非找他不可的必要。他又想：「從我回歸中原以來，大家就在說朱全忠不日篡唐。如今他皇帝也殺了，親王也殺了，再不篡唐，還等何時？是了，朝廷裡還有一群求辭官不得的大臣，只怕他已經在計畫找個機會把他們一網打盡了。」

中條山道上有不少信眾上山，不過當眞三跪九叩的人也沒幾個。莊森邊走邊想：「亂世之中，百姓總得寄託希望。這大仙靈不靈驗，誰也不知，但相信他靈驗，總還有希望鹹魚翻身。」

他們走了一段路，遇上一名從山下來的少婦，濃妝艷抹地大聲說道：「歐陽大仙呀，可眞靈驗。我拜他求子，馬上就懷了身孕呀！」

孫紅塵忍不住問：「妳拜完大仙，還沒下山，就懷孕了？」

少婦愣了一愣，連忙又說：「姑娘亂說什麼，我今日是上山還願的！哎呀，姑娘呀，我瞧妳身邊這位公子英俊瀟灑，多半不是來求姻緣的。妳也是來求子的吧？想要生個胖小子呀，來找大仙就沒錯啦！」

又往上走一段路，迎面來了個胖書生，搖頭晃腦地說：「大仙眞靈驗呀！我去年拜過大仙，馬上就考上秀才了。今年再拜一次，且看能不能中狀元！」

莊森攔下他問：「先生，你逢人就說這兩句話呀？」

書生說：「是呀，我逢人就說這兩句話，不行嗎？」

兩人繼續上山，沿途又遇上好幾個說大仙靈驗的人。莊森咂舌道：「厲害厲害。這大仙有求必應，簡直比菩薩還靈。」

孫紅塵搖頭：「莊大哥有所不知，請外人見證，一句抵他自己說十句。這是神棍斂財的標準伎倆。」

莊森大笑：「孫姑娘，我莊森也不是第一天出來混了，這種伎倆我自然清楚。但他做作至此，不覺得太過分了嗎？有時候，假得過分，反而又像真的了。」

孫紅塵搖頭嘆氣，也不知道該如何反駁此言。眼看山道上的信徒神色虔敬，相信大仙的誠心倒似不假。她說：「我爹說過，修道中人，只要心術稍有不正，就會裝神弄鬼，吸金斂財。這世上最好賺的就是信徒錢了。你看那五台山十大寺，不需裝神弄鬼，單靠信徒心誠，佛像金身就修不完了。更何況是眞心斂財的邪魔歪道？」

黃昏時分，兩人登上半山腰中陽洞外的大空地，只見空地上站了幾十個人，把洞口團團圍住。中陽洞外有個腰掛長劍的年輕俠士，正對著洞門旁的金童玉女說話。圍觀信眾中有不少人語氣不滿，破口大罵：「哪裡來的鄉下小子，快滾開！老子跪拜一整天，好不容易才拜上山來，你別擋著老子見大仙！」「快走、快走！歐陽大仙靈驗，那是有口皆碑的！你小子閒話一句，就說大仙是冒牌貨！這不是欠揍嗎？」「小子，大仙的壞話，不能亂說的。你小心惹惱了大仙，他老人家出來收拾你！」「快滾下山吧！一會兒大仙生氣，你就吃不完兜著走！」

那人不爲所動，只是對洞門外的金童玉女說：「大仙道法高深，在下是不是搗亂，自然一見便知。還請兩位通報，就說是青囊山莊趙言嵐求見歐陽大仙。」

那金童本來神色倨傲，一聽趙言嵐報了姓名，臉色大變。他說：「青囊山莊和我中陽洞向來井水不犯河水，趙大俠今日前來，究竟所爲何事？」

趙言嵐冷冷一笑，說道：「請在下入洞私談，尚可爲大仙保住一些顏面。你若要我當眾說出來，大仙臉上可就不好看了。」

那玉女楚楚可憐地說：「趙大俠，世俗之人拜見大仙都有規矩。大俠一上山就插隊，只怕不妥。小女子手無縛雞之力，只是在此看門報信，你要強逼我們，我們也只好任你欺負了。」

人群中有人怒道：「大男人欺負人家仙童仙女，你不害臊嗎？」「青囊山莊是什麼東西？給歐陽大仙提鞋也不配！」「姓趙的，你別以爲在江湖上有點名望，就可以爲所欲爲！你們青囊山莊不過就是讓玄日宗給趕出來的分支，你還道自己是玄日宗少主，可以橫行霸道嗎？」

趙言嵐臉色一沉，轉向最後說話之人，說道：「這位兄台如此說話，肯定是武林中人了。我就算不是玄日宗少主，在你面前還是可以橫行霸道。你不服氣，出來試試。」

那人四十來歲年紀，布衣短衫，肌肉結實，拔出長劍，大聲吼道：「你誣賴歐陽大仙欺世盜名，我說你趙言嵐才是欺世盜名！看劍！」

他縱身而起，使出一招從天而降的劍法，劍花點點，劍勢綿密，看得圍觀群眾大聲叫好。趙言嵐朝天揮出一拳，也沒見是如何閃避劍招，男子已然顏面中拳，摔倒在地。

他揮劍護身，爬起身來，提劍又上，罵道：「好小子，武功不錯！然則武林之中臥虎藏龍，豈容你如此囂張？」

趙言嵐神態自若，身形瀟灑，穿梭在對方的劍光之中，好整以暇地說：「你要臥虎藏龍就好好臥著，爲什麼我一到蒲州，你立刻就來跟蹤我？如今找個因頭跟我動手，還不是想靠我的名頭一舉成名？我告訴你，武林之中，熱中名利的人可多了，但我最看不起的，就是你這種想靠別人往上爬的傢伙。洞裡面那個大仙都比你有心多了，至少人家肯花錢擺派頭，還費了好多心思沽名釣譽。你呀，繼續給我臥虎藏龍去吧！」他突然出手，奪下對方長劍，以雙指夾住劍尖，使出旭日劍法，瞬間用劍柄點了對方身上七大穴道，接著抛下長劍，轉身不再管他。

趙言嵐這麼露了一手，在場群眾都不敢吭聲了。適才罵得起勁的幾個人，紛紛躲到其他人後面，深怕被他認出來。孫紅塵目光崇拜，望著趙言嵐，輕聲說道：「莊大哥，趙大俠武功好高啊。」

莊森點頭：「趙師弟深得大師伯眞傳，武功不在我之下。」其實他知道自己的武功在過去兩年間進展神速，除非趙言嵐也有奇遇，不然多半早已不是對手。

趙言嵐轉向金童玉女，語氣比之前嚴厲：「天快黑了，別再拖延，快去給我通報！」

金童玉女往洞門口一站，反而擋住洞門。趙言嵐冷笑一聲，雙手探出，抓向兩人胸口。那金童玉女都是十三、四歲年紀，曾經由大仙指點過奇妙步法，自認不會讓人抓住。想不到趙言嵐出手如風，兩人還來不及踏步，已經被提了起來。他把金童玉女往人群中一扔，隨即上前要去拉洞門。就聽見洞門「呀」的一聲開啓，歐陽大仙在裊裊仙氣中慢慢走了出來。門外的信徒看見大仙，盡皆拜倒。在場只剩下趙言嵐、莊森和孫紅塵站著。莊森不想讓趙言嵐看見，正考慮要不要蹲下再說。幸虧趙言嵐盯著歐陽大仙看，沒有回頭望見他們。

歐陽大仙哈哈大笑，朝信徒揮手說：「各位快請起！本山人的名號都是大家吹捧出來的，眞的不要拜我，眞的不要拜我呀！」

孫紅塵有點驚訝：「這歐陽大仙膽子眞大。趙大俠如此踢館，肯定是抓住把柄了。他不請人入洞私談，反而跑出來在眾目睽睽下說話。難道他武功高強，有恃無恐？」

莊森搖頭：「武林之中能打得過趙師弟的人可不多。歐陽大仙的聲譽都奠基在鄉民的口碑上，我猜他是想要利用民氣對付趙師弟。要是入洞私談，歐陽大仙絕無勝算。當然，也可能歐陽大仙眞才實學，算準了趙師弟動不了他。你們奇門術數可有專門對付武林高手的法門？」

孫紅塵搖頭：「有時間布置陣法，或許可能。若要當面硬碰硬，那也都是些障眼之法，贏面不高。」

歐陽大仙待眾人站起，笑盈盈地向趙言嵐說：「趙大俠聲名遠播，本山人久仰大名。不知大俠大駕光臨，有何見教？」

趙言嵐揚聲道：「青囊山莊查出蒲州城的吐血症源自中陽洞。趙某人今日特來請教，歐陽大仙傳播疾病是何用意？如此傷天害理，你不缺德嗎？」

人群中立刻有人喊道：「姓趙的含血噴人！歐陽大仙明明幫大家治病，你竟說他在傳播疾病？」「不錯！我服了大仙的金丹，這才治好吐血症的！大仙法力無邊，是我們蒲州的活菩薩！」「大仙，求你高抬貴手，救救我女兒呀！」「大仙救命！大仙救命！」

歐陽大仙揚手讓大家安靜，說道：「看來是趙大俠誤會了。誠如大俠所見，本山人只是治病，沒有害人。」

趙言嵐問：「若眞如此，就是說我此刻入洞，絕不會在裡面搜到屍傘霜了？」

歐陽大仙聽見屍傘霜，臉色微微一變，說道：「趙大俠此言差矣。屍傘霜雖具毒性，卻可入藥，乃是我派金丹不可或缺的藥材之一。你明知我派煉丹會用到屍傘霜，就算搜到屍傘霜，也不能定我的罪呀。當年貴派師長李命李大俠亦好此道，他房裡的屍傘霜只怕不會比我少。你總不能有人吐血，就說是我幹的吧？」

趙言嵐怒道：「狡辯！我師叔逝去兩年，這事豈能賴到他頭上？蒲州境內，修道煉丹，就只有你中陽洞一家字號。你想推給別人，只怕沒那麼容易！」

歐陽大仙笑容不減，說道：「容易，太容易了。蒲州境內雖只有我中陽洞一家洞府，但往來道友眾多呀。別的不說，我本門三奇宮的人就常在山南道及河東道間遊走，三不五時便路過蒲州。再說，趙大俠既然在查吐血症，令堂多半也來到蒲州了吧？你可別跟我說崔女俠手上沒有屍傘霜呀。」

趙言嵐越來越怒，便說：「我娘善心救人，俠名遠播，下毒害人之事，絕賴不到她頭上。」

歐陽大仙說：「我幫人治病，也是俠名遠播呀。怎麼又賴得到我頭上？」

莊森心裡卻想：「這兩年間，四師伯救人無數，形象甚好。但那下毒害人之事，她從前也沒少做，不然我師父和大師伯又怎麼會栽在她手上。這姓歐陽的要是知道師伯從前的隱私，此刻拿出來說嘴，趙師弟可就站不住腳了。幸好四師伯手段高明，下毒不留痕跡，江湖上知道她精通毒道的人寥寥可數。唉，不知道師伯離開總壇後，過得好不好？」

想起崔望雪，他突然臉色一紅，當日湖邊裸身療傷的景象再度浮上心頭。莊森對崔望雪是滿心敬重，絕無遐想之意。但崔望雪的裸體也不是任何見過的男人可以忘掉的景象。這兩年間，他偶爾憶起，都會懷疑當初給神智不清的崔望雪脫衣療傷，是否眞有必要？還是自己當眞色迷心竅，刻意爲之？他知道當初李命的玄陽掌全力施爲，崔望雪若不裸身入池，絕不可能瓦解火勁，定會淪爲焦屍。然則內心深處還是有股揮之不去的罪惡感，不時在腦中叫他淫賊。

趙言嵐轉身面對人群，大聲說道：「各位蒲州鄉親，大家聽我一言，這歐陽大仙是個神棍。本來他騙財騙色，只要不太過分，我也任由他去，畢竟大家都是自願把錢、把身子給他的。各位愛信什麼、愛拜誰，我管不著。但他主動下毒，害人生病，讓大家拿出重金購買解藥。出不起錢的人，就只好死於非命。這種缺德手段，我就不能不管了！各位先別謾罵，靜下心來想一想。這大仙除了能治吐血症外，其他什麼升官發財、包生小孩什麼的，眞有那麼靈驗嗎？還是山道上那些假到不能再假的傢伙說給你們聽，你們就信了？」

人群裡有人罵道：「你妖言惑眾！汚衊大仙！」「我們蒲州城的人沒有那麼好騙

的！」「青囊山莊就滾回荊州吧！別來我們蒲州丟人現眼啦！」

趙言嵐生氣了，唰的一聲拔出佩劍。所有人嚇了一跳，紛紛後退。歐陽大仙也臉色發白，呑口口水。趙言嵐回過身去，舉劍指他，喝道：「妖道，今日我要替天除害！」

歐陽大仙連忙喊道：「且慢！你口口聲聲說我下毒害人，我就讓你進洞去搜。你若搜得出證據，再來除害也不遲。不然，你就這麼殺了我，只怕難以服眾。」

趙言嵐唰的一聲還劍入鞘，往中陽洞洞門走去，邊走邊說：「你早這麼說就好了嘛，何必鬧得人拔劍出來才肯聽話呢？眞是賤骨頭。」

歐陽大仙跟著趙言嵐走回洞府，在門口回頭對大家說道：「各位鄉親，稍安勿躁，這小小誤會，本山人跟趙大俠進洞澄清一下就沒事啦。」說完步入中陽洞，消失在轉角後。

第五章 訪中陽

歐陽大仙領趙言嵐入洞府後，圍觀信眾欲知結果如何，全都不肯散去，有的聚在一起談天，有的就找個清淨處坐下。其中不少信眾本來就擔心上山晚了，見不著大仙，所以帶了露宿炊具上山。這時眼見天黑，就開始生火做飯。中陽洞外的空地上有不少野炊痕跡，顯然露宿求見大仙的人從來沒少過。莊森和孫紅塵慢慢晃到洞門旁，想要偷聽洞內的動靜，可惜洞外人聲鼎沸，聽不出所以然來。

孫紅塵問：「莊大哥，我們要溜進去看看嗎？」

莊森說：「趙師弟藝高膽大，照說不會出什麼亂子。我不想與他碰面，暫且先靜觀其變。」

他走到適才跟趙言嵐交手，被點中穴道的劍客面前，出手解開穴道，說道：「這位兄台，點穴久了，氣血不順，你先坐下來運息調節，舒筋活血。」

那劍客並非庸手，內力也有火候，能夠一邊調息一邊說話：「感謝公子相救。在下……謝良。請教公子大名？」他本來想自報門派名號，轉念想到方才在眾目睽睽下敗給趙言嵐，這時報出名號沒什麼光彩，所以就只報了姓名。

莊森心想倘若報了自己的名號，跟趙言嵐扯上關係或許會有麻煩，於是比向孫紅塵說：「這位孫姑娘跟歐陽大仙是同道中人，我們有事來請教大仙。」他不給謝良機會多說，繼續問道：「謝兄，我想跟你打探打探。你既跟了趙言嵐一路，可知道他母親崔女俠在不在蒲州？」

謝良苦笑一聲：「謝某就算再自大，也不敢招惹崔女俠。倘若她在蒲州，我絕不會來找趙言嵐麻煩。唉，他這兩年打著青囊山莊的名號，在武林中說好聽點是排解紛爭，說難聽點叫興風作浪，總之大家都說他氣燄囂張。我倚老賣老，想要出手挫他銳氣，卻不知道自己井底之蛙，根本不自量力。他武功如此高強，囂張就囂張了，誰又能說他不是呢？」

莊森搖頭道：「不是武功高強就能囂張的。但他剛剛那樣充其量說是不卑不亢，並不算十分囂張呀？」莊森行走江湖數年，深深體會不卑不亢的重要。在壞人面前若是氣燄不足，可是會被踩在腳下的。保持強勢，讓別人知道你不好惹，在排解紛爭時就會輕鬆許多。

謝良嘆了口氣，說道：「武林中人受玄日宗的鳥氣慣了，看他趙言嵐被趕出玄日宗，就拿他來作文章。在下行事魯莽，實在慚愧得緊。」

這時眾人耳中突然響起一聲悶響，緊接著地面搖晃，所有人微微頭暈。莊森感到有隻柔軟的小手抓住自己手臂，轉頭看向孫紅塵道：「孫姑娘別怕，地震罷了。」

孫紅塵卻搖頭，把莊森拉到一旁，輕聲道：「莊大哥，不是地震。有人催動陣法，巨石翻滾。趙大俠若不通五行之術，多半會有危險。」

莊森連忙對謝良說道：「謝兄，洞府凶險，別讓鄉民進去。」說完領著孫紅塵走到中陽洞外，推開洞門走了進去。坐在附近的信眾大聲抗議，甚至有人出手阻止他，不過誰也沒碰到莊森或孫紅塵一塊衣角。

莊森入洞之後，轉身關上洞門，還沒回過身，便聽見孫紅塵出聲警告，立刻拉著她往左側閃去。就聽見咚咚咚幾聲，門板上插了數支飛鏢，鏢影在洞門旁火把的照映下搖曳不定，看來十分詭異。

孫紅塵皺眉說：「歐陽大仙就算要對付趙大俠，又何至於在門後設置如此歹毒的機關？萬一有鄉民好奇推門進來怎麼辦？」

莊森怕還有機關，連忙拔出佩劍，把孫紅塵擋在身後，慢慢往前走，邊走邊說：「他八成怕趙師弟不是一個人來的。萬一我四師伯也在附近，他可就插翅也難飛了。」

門內是條狹窄走道，三丈外一轉彎，來到一座十丈見方的洞穴，小橋、流水、涼亭、假山一應俱全，就是看來擠了點，比起玄黃天尊的玄黃洞顯得小家子氣多了。涼亭後有個洞口，也有洞門，通往內洞。此刻內洞中傳出飛沙走石的聲響，聽起來好不熱鬧。莊森連忙衝向內洞，卻被孫紅塵一把拉住。她說：「莊大哥，他們在內洞擺陣，那扇洞門自然是給敵人走的。我們要找找他們自己走的路。」

莊森看那洞門不斷搖晃，一直有碎石打在門後的聲響，心裡著急，忙道：「有勞孫姑娘快點找找！」趙言嵐曾在總壇奪權事件中砍傷卓文君，之後又在莊森等人逼迫下交出代掌門的職務，跟莊森結下了不小的梁子。但他們畢竟是兒時玩伴，儘管長大後形同陌路，從前的情誼還是在的。莊森可不想他這麼莫名其妙地死在神棍手中。

孫紅塵通曉五行八卦，卻不熟機關暗門，最後還是莊森在涼亭後的岩壁上看出蹊蹺。他推動一塊機關石，石壁上的巨石後移，露出一條窄道。莊森和孫紅塵一前一後，輕手輕腳走了進去。窄道向上傾斜，上行了兩丈有餘，這才轉爲平坦，來到一個可供兩人伏臥的小洞穴。地上擺著一堆石塊，牆上掛了幾把尖刀。莊森確認洞內無人，就讓孫紅塵先爬進去，自己彎腰站在洞口，以防有人偷襲。

孫紅塵就著洞壁向內的開孔往下方看，發現底下是座大洞窟，窟內巨石擋道，東首是飛石陣，西首是尖刀陣。趙言嵐身處陣中，閃躲擊落刀石，可謂險象環生。倘若這陣法是她父親了緣居士擺下的，趙言嵐此刻絕不可能毫髮無傷。幸虧那歐陽大仙道法有限，陣中有許多缺陷，這才讓趙言嵐以高強武功支撐。

孫紅塵揮手叫莊森過來看。她小聲說話，邊說邊指：「莊大哥，這歐陽大仙不成材，陣法漏洞百出，八門的關主多半也不難打發。」她比向對面山壁上幾個往地下落石的洞口，顯然有人躲在類似他們此刻身處的小洞中攻擊趙言嵐。孫紅塵往上一比，只見洞頂的岩壁也有部分挖空，用麻布僞裝岩石，有人在上面往洞窟裡丟刀。孫紅塵說：「莊大哥，你從左邊摸過去，沿路解決丟刀石的人。我回頭走正門而入，領趙大俠出陣。」

莊森皺眉問道：「刀石都是人在丟的嗎？奇門八陣就這樣呀？」

孫紅塵點頭：「陣法當然要人催動，石頭和尖刀不會平白無故飛起來傷人。奇門術數是學問，不是法術呀。再說，他們可不是亂丟，都有算準時間方位加以配合，不然趙大俠也不會被打得如此手忙腳亂。你從休位打過去，依序解決生、傷、杜、景、驚、死等位的關主，我會慢慢帶趙大俠往刀石趨緩的方向過去。少了飛石和尖刀，迷魂陣本身就不足爲患。」

莊森不敢怠慢，沿著窄道往下一個小洞穴走去。石道狹窄，彎著腰走都有困難，他快步前進，在休位洞外差點絆倒。洞裡有人問道：「誰呀？別來搗亂，忙得很呢！」

莊森翻身滾入，出手點向洞內之人。那人書生打扮，身材肥胖，趴在洞裡，難以翻身，毫無抵抗就讓莊森點倒。莊森側頭看他一眼，笑道：「唷，我道是誰呢，原來是要考狀元的秀才！秀才兄可忙得緊呀，說完了大仙的好處，還得趕回來丟石頭。」

胖秀才神色凶狠：「你是什麼人？竟敢破壞大仙好事？」

莊森把人推向一旁，湊到牆洞口看看下面，剛好趕上孫紅塵推開洞門，步入飛石陣中。他反手點了胖秀才啞穴，一邊後退一邊說：「現在時局紛亂，朝廷裡當大官的都求去而不可得。兄台要考狀元，還是過幾年再說吧。」

他繼續往生位洞穴走去，只見剛剛在山道上自稱懷孕的少婦手裡拿著五把尖刀，夾成扇形，正一把一把往底下丟。莊森為求保險，輕手輕腳溜到她身後，從牆上取下一把尖刀，橫搭在她頸上，命她不可亂動。接著莊森把她脈搏，確認無孕在身，這才動手點穴。他說：「姑娘，妳每天在山道上假扮孕婦，肚子老是大不起來，不會讓人發現嗎？」

那姑娘嚇得厲害，顫聲道：「大俠饒命，小女子也不是每天都扮孕婦。有時候我賣身葬父、有時來求姻緣，上山的信眾也不是每天都同一批人，不容易讓人認出來的。我……我是個苦命的女子……跟著大仙求個溫飽罷了，請大俠饒命呀！」

莊森忍不住說：「賣身葬父來一段。」

那姑娘愁眉苦臉，淚如泉湧，哭道：「爹！你死得好慘啊！」

莊森點她啞穴，往傷門而去，沿路解決了扮又能說話的啞巴的、扮大富大貴的乞丐的，外加一個恢復男性雄風的太監。最後莊森來到死位，制伏了個沒見過的男人，問他：「這位兄台，下午在山道上沒有見過。敢問兄台是扮什麼的？」

那男的一早察覺丟石投刀的人越來越少，心知不妙，只是從這壁洞裡也看不清楚其他洞裡的情況，就不知該如何應變。此刻受制於人，他老兄有問必答：「是、是。大俠，那什麼，我呀，我今兒個沒上工，在洞裡喝茶呢！大仙說呀，每日扮見證的人不必太多，太多就假啦！」

莊森笑道：「在我看來，已經太多了。」

那人道：「唷？大俠說太多了嗎？那咱們下回改進！下回改進！」

莊森丟下他不管，往上而行，來到洞頂上的暗層。就看到歐陽大仙跟金童玉女站在一塊兒，手持刀石往地下的洞中猛丟。金童邊丟邊抱怨說：「那些傢伙竟敢偷懶！回頭看我不剝他們層皮下來！」

玉女說：「大仙，幹嘛還擺陣這麼麻煩，你直接下去解決那個壞小子不就好了？」歐陽大仙眉頭深鎖，嗯嗯兩聲，看準機會又往下丟了把刀。他說：「下面那個女的是同道中人，多半是夥同姓趙的一起來砸場子的。我們沒有陣法之利，打不過姓趙的。該撤了。」

莊森咳嗽一聲，三人連忙抬頭，見到他後都嚇了一大跳。歐陽大仙二話不說，當即欺上前來，揮出手中的拂塵，塵絲纏向莊森咽喉。莊森雙手畫圈，塵絲隨內勁而走，彷佛開花般四下綻開。大仙變招神速，立刻轉動拂塵，勁透塵絲，宛如甩開一把用鋼刀結成的大傘般。莊森冷笑一聲，出掌對準塵頭拍下。大仙只覺得一股難以抵擋的大力自塵頭壓下，塵柄在掌中下沉三吋，差點插入自己胸口。滿滿的塵絲飄散四周，洞內瀰漫一股焦味。歐陽大仙往後飄出一丈，穩穩落在地上，面不改色地問：「閣下何人？如此不由分說，偷入中陽洞，教訓本山人，究竟是何居心？」

莊森說：「在下玄日宗莊森。聽聞歐陽大仙靈驗，特來請教。」他說著上前一步，金童玉女不由自主後退一步。

歐陽大仙倒也了得，沒跟他們一起退，說：「莊大俠之名，如雷貫耳，本山人久仰了。金童，玉女，這裡沒你們的事，先下去。」

金童玉女拔腿就跑。莊森手握兩粒小石，彈指而出，射中兩人腿上穴道，金童玉女雙雙倒地。莊森搖頭說：「剛剛金童玉女一回中陽洞就布置了這麼厲害的陣法，現在叫他們下去，又要布置什麼呢？」

歐陽大仙揮揮只剩塵柄的拂塵，說道：「莊大俠說笑了，不知你光臨中陽洞，有何見教？」

莊森說：「你下毒害人，還假裝救人。這種事情，姓莊的看不下去。」

歐陽大仙嘖嘖兩聲：「莊大俠，你怎麼跟那姓趙的一般見識？他信口開河，你就這麼信了？莊大俠是聰明人，不會相信無憑無據的指控吧？」

莊森笑道：「這裡沒有旁人，你強辭奪理給誰聽啊？」

歐陽大仙面露微笑：「本山人的意思是，那姓趙的不識抬舉，反出玄日宗，定是莊大俠對頭。莊大俠的對頭，就是本山人的對頭。我們兩個同仇敵愾，自己人不打自己人。」

莊森摸摸腦袋：「大仙滿嘴鬼話，簡直胡言亂語。可惜了，我跟趙言嵐是自己人，對你才是同仇敵愾。」

歐陽大仙沉默片刻，似乎還在想話說，接著卻猛地自懷中取出一枚彈丸，往地上使勁一丟，炸出一陣白煙。隱約見一道身影拔起，竄向岩頂，就這麼消失了！

莊森神色讚歎，揮開煙霧，走到大仙消失處，抬頭上看。洞頂高約一丈，火光黯淡，瞧不眞切，看起來像是實心岩壁。莊森輕輕躍起，出手拍打岩壁，落地後暢快笑道：「原來是木板和麻布。大仙的障眼法倒是一絕，我眼睜睜地看著，都瞧不出破綻。」

他自地上撿起尖刀飛石，運勁往那木板岩頂丟去。就聽見嘩啦啦一陣聲響，岩頂被打出一個大洞，灑落皎潔月光。莊森運起輕功，竄出洞口，落在中陽洞反側一塊巨岩上，洞前空地的鄉民都瞧不見他。他正待四下打量，忽覺身後捲來一陣勁風，知道有人偷襲。他轉身跨步，一掌拍出，擊落歐陽大仙的麈柄。歐陽大仙身形飄忽，宛如殘影，同時自四個方向出掌攻擊。

莊森笑道：「好障眼法！」迅速連出四掌，三掌揮空，僅一掌對上敵手。歐陽大仙身體後飄，趁勢卸勁，可惜莊森掌力太強，直卸到他背心撞上岩壁，噴出一大口血來。

莊森迎上前去，揚起拳頭。歐陽大仙當場下跪，磕頭認錯：「爺爺你饒了我吧！我不過就混口飯吃，你又何必苦苦相逼呢？」

莊森好笑道：「大仙變臉眞快，這麼會兒連爺爺都叫出口來了。」

歐陽大仙忙磕頭說：「莊爺爺明鑑呀！那青囊山莊趙言嵐上門找碴，小人已經嚇得腿軟了。硬著頭皮周旋，也只是欺他不懂奇門術數。你玄日宗再找上門來，我當場都已經嚇得拉屎啦，哪裡還有反抗之心？只是我在門徒面前，總得擺點派頭。現下沒人見到了，當然給你下跪呀！」

莊森說：「起來吧，我不喜歡看人跪著說話。」歐陽大仙爬起身來，莊森繼續說道：「我問什麼，你就老老實實回答。蒲州城的吐血症，是不是你下的毒？」一看歐陽大仙吞吞吐吐，莊森大聲喝道：「是不是？」

歐陽大仙撲通一聲，又跪回去，邊磕頭邊道：「是、是。小人該死！小人該死！」

莊森搖頭道：「你乃修道中人，幹此缺德之事，良心何安？」

歐陽大仙說道：「大俠，我就是有點良心，不願意跟著師門去給朱全忠賣命。這才在此裝神弄鬼，混口飯吃。那吐血症本不致命，死掉的人都是因為體質太虛，不是我故意害死的。我後來都有查過，體弱多病的人，我絕不會去害他們的。」

莊森怒道：「你不下毒，他們會死嗎？」

大仙連忙磕頭：「不會！不會！」

莊森深吸口氣說：「吐血症的藥方，青囊山莊已經發給百姓。這事不必我多說了吧？日後要讓我知道你再幹這種事，取你性命就是唯一手段。」

大仙喜道：「大俠放過我了？」

莊森輕哼一聲：「放不放過，還得看你表現。」

大仙說：「小人表現得好啊！小人表現得最好了！」

莊森說：「我問你，雲緲中天在哪裡？」

大仙一翻白眼，鬆了口氣：「鬧了半天，大俠是來查三奇宮的？我就說嘛，我師兄他們最壞了！我早就跟他們脫離關係，不關我的事呀！」

「在哪裡？」

歐陽大仙爬起身來，拍拍膝蓋上的灰塵道：「我不知道雲緲中天在哪裡，但我知道那是山南道的一塊福地。我師兄他們打算在雲緲中天外布奇門八陣，使外人不能入，打造名符其實的桃花源，號稱能避戰禍，專騙有錢人的錢。」

莊森立刻說：「喔？你說騙錢，所以桃源帖之事，就是一場騙局？」

歐陽大仙遲疑：「騙或不騙，倒也難說。眼下他們沒把握此事能成，但收起錢來可不手軟。去年我師兄派人來找我，提起此事，要我先出錢助他打造雲緲中天。大俠明鑑，我這個人是靠騙錢吃飯的，舉凡還沒賺到就叫我先拿錢出來的事，我通常是不會幹的。但我師兄對我有恩，又承諾日後可收五倍利潤，我才拿了黃金千兩出來，說是在桃花源裡買間住所的錢。他最近又派人來跟我要錢，我還沒答應呢。」

莊森說：「大仙可眞有錢。」

大仙乾笑：「沒、沒有啦……莊大俠……」

莊森沉吟半晌，說道：「我問雲緲中天，爲的是要找出你師兄西門眞人。你給我想個辦法。」

大仙早已想好脫身之策，連忙說道：「這個容易。大俠只要帶上黃金千兩，於中秋當日前往無道仙寨龍蛇樓參加桃源大會，自然可以見到我師兄。這黃金千兩，小人幫你出了！」

莊森吃了一驚：「黃金千兩，你幫我出了？」

大仙愁眉苦臉：「大俠，我這可是傾家蕩產了。其實吐血症害死人的事，小人一直良心不安。今日大俠前來教訓，小人大徹大悟，悔不當初。錢財於我，已成浮雲。這千兩黃金，就算大俠不收，我也要散給蒲州百姓，造橋鋪路，建設民生。」

莊森點點頭：「好，那你就這麼辦吧。」

大仙訝異：「啊？」

莊森說：「千兩黃金，散給百姓。一兩都不能少，不然我回頭找你算帳。」

大仙一比大拇指讚道：「好！大俠仁義過人，視錢財如糞土，小人心悅誠服，五體投地！心中那股感動啊，簡直想要拜你爲師了！」

莊森很想一腳踹下去，不過念在他願意散財，也就不打他了：「桃源大會之事，我早就知道了。問題是你師兄不知何故，派人綁了洛陽了緣居士。我受人所託，要盡快救回居士，不想拖到中秋。」

歐陽大仙神色一變，沉思道：「我聽師父說過，了緣居士乃是臥龍先生八陣圖的嫡傳後人。他的奇門八陣一旦布置妥當，可擋十萬精兵。莊大俠剛剛也看過了，我們三奇宮的飛石陣、尖刀陣威力有限，連趙言嵐一個人都困不住。但那陣法若由了緣居士主持，只怕連你莊大俠都會慘死其中。倘若我師兄只想用迷魂陣阻擋外人，爲何要找了緣居士？」

莊森說：「我們循線追查，知道了緣居士曾一度逃出三奇宮的掌握，之後有沒有被抓就不知道了。倘若他又落入他們手中，就會被帶去這個雲緲中天。還請大仙推斷推斷，這雲緲中天究竟會在何處？」

歐陽大仙看著莊森，皺眉思索，說道：「我師兄……心術不正，比我還心術不正。他綁走了緣居士，肯定不安好心。這些日子，我閒來無事，也曾推斷過雲緲中天的可能所在。師兄計畫桃花源要有百戶人家入住，要有良田肥水，自給自足，佔地絕不能小，還需天險輔助，不然單靠奇門八陣，不可能藏得住的。我翻查《括地誌》，推斷出三處可能。其一是歸州甫環山沃土原；其二是梁州梁泉山大隱谷；最後是欲峰山無道仙寨。」

莊森大聲道：「無道仙寨？」

歐陽大仙搖頭：「無道仙寨易守難攻，這些年來早已發展成自給自足的城寨，其實是最容易改造成桃花源的地點。不過百戶有錢人家眞住進去了，只怕不到兩天就剩下骨頭讓人吐出來。仙寨是個做買賣的地方，變不成桃花源的。」

莊森心想長安分舵轉進金州，山南道已被納入玄日宗勢力範圍。要上官明月幫他查查這三處地方近日有無人馬進出、工程施作，照理說不是問題。他點頭道：「多謝大仙指點迷津。後會有期。」

歐陽大仙忙道：「莊大俠，你言而有信，說饒過我，可不能反悔唷！」

莊森笑道：「玄日宗饒過你。青囊山莊我可就不知道了。你自己照子放亮點。」

歐陽大仙說：「那小人可就避風頭去了。發放黃金之事，避完風頭立刻就辦。告辭！」說完一溜煙就跑了。

第六章　化淫賊

莊森繞回中陽洞正門空地，聞到陣陣香氣，除了自己帶炊具來生火造飯的人外，還有一位老兄居然掛起招牌做生意，烤肉來賣。莊森心想這歐陽大仙雖然騙錢，倒也成爲了蒲州城的生意門面，不知道多少人靠他吃飯呢。

他就著夜光在人群中尋找，終於瞧見孫紅塵與趙言嵐坐在一棵大樹旁的石頭休息。孫紅塵一看到他，立刻揮手說：「莊大哥，這裡。」

趙言嵐見到他卻雙眼圓睜，怒喝：「淫賊！受死！」說完拔身而起，重掌擊向莊森。

莊森沒料到他會說打就打，還是拚命的打法，匆忙間連退帶避，瓦解他的攻勢。趙言嵐掌勢被莊森帶偏，立即變招，斜裡攻他小腹，掌心中開始蘊含火勁。莊森沉肘回掌，抵住趙言嵐的手臂架開。皮膚接觸之下，感到對方火勁竄升，玄陽掌威力大增。莊森不敢怠慢，一面運起玄陽掌見招拆招，一面提氣說道：「趙師弟快住手！」

趙言嵐越打越狠，怒道：「淫賊！打死你，我就住手！」

莊森與他右掌交擊，趁勢向後飄走，拉開距離喝問：「你爲何叫我淫賊？我可沒對言楓師妹怎麼樣呀！」

趙言嵐提起輕功，轉眼追上，雙掌齊出，施展玄龍雙陽破。莊森兩掌外翻，點向趙言嵐的曲池穴，搶先破他的絕招。趙言嵐罵道：「誰說你對我妹怎麼樣了！你這是此地無銀三百兩！淫賊，我妹的帳，一併跟你算了！」話落又是一番猛攻。

玄陽掌的招式一氣呵成，沒有多年習練，絕對打不出來。莊森一邊接招，一邊心想：「趙師弟這玄陽掌可不馬虎，定是我回歸中原前就開始練了。當日總壇輕功較勁，我倆各自保留實力，誰也不知道對方究竟保留了多少實力。此刻看來，言嵐師弟的武功雖然不及楓兒，卻也相去不遠。幸虧我莊森不是省油的燈，不然當淫賊就罷了，成了死淫賊可冤枉啦！」

兩大高手以玄陽掌打起架來非同小可。方圓五丈之內的信眾紛紛走避。不少人端起飯碗，跑到空地另外一邊觀戰，看得是津津有味。不過兩人打得雖然精彩，觀眾卻不敢胡亂叫好。大家之前都見識過趙言嵐的武功，也知道他脾氣不是很好。倘若胡亂起鬨，遭他遷怒，那可不是鬧著玩的。人群中無人識得莊森，但見他能與趙言嵐打得平分秋色，肯定不是無名之輩，最好不要無端招惹才是。況且趙言嵐口口聲聲罵他淫賊，有些見機甚快的人就開始擔心，萬一此戰扯出什麼隱私，搞不好要殺人滅口。是以當聽見莊森問道：「我淫誰了，你說清楚！如此無頭無腦，辱我名聲，是何道理？」時，有好幾個人已經躡手躡腳逃離現場。

趙言嵐一掌擊中樹幹，樹皮焦黑，冒出白煙。他手下不停，持續出招，罵道：「你淫過誰，自己清楚！」

莊森心想：「我這輩子就只跟盈兒在一起過。那是兩情相悅，可不算淫了。難道……言嵐師弟也迷上盈兒了？馬球案時，月虧說過盈兒近日會返回中原，之後局勢太亂，我也不知道她究竟回來沒有。莫非言嵐師弟遇上盈兒了？」

謝良在人群中喝道：「趙言嵐！你這人誣賴成狂，稍早誣賴歐陽大仙下毒，此刻又來誣賴這位大俠。我告訴你，萬事抬不過一個理字。你不把話講清楚，誰也不會服你！」

孫紅塵急著說道：「趙大俠，莊大哥對待女子向來規矩，絕非輕薄小人。會不會趙大俠你弄錯了？你們同門師兄弟，有話好說，快別打了！」

圍觀群眾一聽他們是同門師兄弟，立刻開始議論紛紛。謝良恍然大悟，大聲道：「我道是哪裡來的高手俠士，原來是玄日宗莊森莊大俠！姓趙的，莊大俠的名聲可比你好過百倍，你想誣賴他是淫賊，只怕沒那麼容易！」

趙言嵐大怒，出掌越來越快。莊森攻守有度，一招一式瞧得明白，打得清楚，冷靜承受他的怒氣，但心裡不禁越來越驚。他心想：「看趙師弟這樣子是真的怒了，但偏偏又不肯把話說清楚。這呑呑吐吐的模樣，顯然是有難言之隱。莫非……莫非……他竟懷疑我對四師伯輕薄無禮？是了！定是這樣！他連妹妹的帳都只說是『一併算了』，主帳自然是他娘的帳啦！我的娘呀！四師伯怎麼連脫衣療傷之事都告訴兒子？我要是言嵐師弟，對此羞辱娘親的淫賊還會客氣的嗎？自然是要碎屍萬段的呀！」

這一驚非同小可，嚇得莊森心神不寧，一個恍神肩頭中掌，一股火氣竄入體內。他以轉勁訣化解敵勁，順勢出掌。趙言嵐跟他掌心一對，後退一步，隨即再上。這一來一往，莊森已經看出趙言嵐的轉勁訣練到第七、八層間，倘若兩人功力相仿，莊森是不會敗給他的。他連守數招，邊退邊說：「趙師弟，借一步說話。」

趙言嵐神色凶狠：「你要逃就逃，說什麼借一步說話？」

莊森不高興了，心想：「我跟四師伯清清白白，讓你叫幾句淫賊也就是了。你這樣咄咄逼人，難道我還怕了你？」眼看趙言嵐毫不留情地擊向自己腦門，莊森撤回玄陽掌勁，改出雲仙掌中一招虛無縹緲的「雲影非非」，一邊避過掌勢，一邊在趙言嵐左肩和左腰上各拍了一掌。這兩掌蘊含陰柔掌力，讓火勁剛猛的趙言嵐一時之間難以轉勁，雖然沒有受傷，但卻感覺好像被針扎中。從前莊森以爲雲仙掌是專教女弟子的掌法，一直沒有放在心上。直到在長安城外見識過崔望雪如鬼似魅的雲仙掌才終於知道厲害。後來他向師父討教這套掌法，練出了些心得。此刻使出，果有神效。莊森縱身上樹，展開輕功走遠，揚聲道：「孫姑娘，妳先回客店，我去跟我師弟敘敘舊。」

趙言嵐也上樹去追，邊追邊說：「孫姑娘，妳是好人，別跟這種淫賊混在一起，辱了妳的名聲！」

孫紅塵眼看他們兩人轉眼走遠，還是對著黑漆漆的樹林喊道：「你們兩師兄弟別打太久了，我在客店擺桌酒菜等你們回來吃呀！」說完就走山道下山去了。

莊森幾個縱躍，轉眼跳出數百丈外，來到人跡罕至的深林。他本想就此停下，把話說清楚，但回頭間看見趙言嵐緊追而來，毫不落後，不禁想起了當日在成都城外比拚輕功之事。他想：「當日我跟言嵐師弟各自保留實力，不如趁今日來分個勝負！」此念一起，莊森立刻輕點樹枝，縱身而起，竄向下一棵樹去。如此高來高去片刻，他又想道：「今日之事，可不是輕功分出勝負就能善罷。總得跟言嵐師弟講清楚才行。」於是調轉方向，往右方一棵大樹的樹枝上跳去，讓趙言嵐拉近些微距離，揚聲道：「趙師弟，此刻四下無人，你就說吧。我究竟淫了誰了？」

趙言嵐喝道：「你還裝蒜？」

莊森也不想裝蒜，但要說知道趙言嵐在指自己淫了他娘，實在難以啓齒。他說：「且當我在裝蒜，你就說吧。」

趙言嵐拔下細枝，朝莊森擲去，同時說道：「你對我娘輕薄無禮。你是大逆不道的大淫賊！」

莊森暗嘆一聲，伸手夾住細枝，隨意拋下，邊躍邊道：「我對四師伯敬若天人，絕無輕薄無禮之意。當日肌膚相親，實屬無奈，四師伯醫道無雙，自然明白，難道她沒向你解說嗎？」

趙言嵐聽他承認，語氣更怒，大喝：「解說個屁！你這個色慾熏心的淫賊，定是自小就對我娘心懷不軌！你他媽的！連你師父都沒碰過我娘，你竟敢趁人之危，欺負我娘無法抵抗，脫光她的衣服！」

莊森心裡有愧，但此事若不辯明，除了自己落個淫賊臭名外，還會連累四師伯的名聲。他說：「二師伯的玄陽掌有多厲害，難道你不知道嗎？我若不脫她衣服，入水散功，四師伯五臟六腑都會被烤熟的！她若對我有絲毫怪罪之意，我莊森豈能活到今天？」

趙言嵐氣極，突然間追了上來，一掌劈下。兩人對了一掌，各自飛開，繼續縱躍追逐。趙言嵐說：「好呀！你個淫賊，口口聲聲說要救我娘，卻又不救個十足。我娘心肺皆傷，內力又讓你化去了一半，身子武功都大不如從前，再也難與眾位師叔抗衡。你這敗類，為了奪權，連我娘都不肯盡心救治！」

莊森沒料到他會這麼想，忙道：「你這是含血噴人了！當日能救回四師伯性命，已是萬幸！我莊森一身醫術，受教於四師伯。醫者之心同樣承襲於她。你說我為了私心不肯盡心救她，那不但是辱我，也在侮辱你娘！」

「你給我站住！」

「站住就站住！」

兩人落在林中一片小空地上，草長坡陡，不利打鬥。但對兩個當世高手來說，地勢再險峻也打得起來。玄陽掌一旦運行開來，便會令人燥熱難耐，交談困難，所以雙方都施展朝陽掌過招，邊打邊說話。

趙言嵐說：「淫賊！」

莊森罵道：「你別再叫我淫賊了！我跟四師伯清清白白的，你少破壞她的名聲！」

趙言嵐神色凶狠，一掌狠狠推出。莊森架開後，發現另一掌又打到面前。趙言嵐發狂似地連出十三掌，莊森連閃帶擋，使勁招架。趙言嵐一鼓作氣連發十三猛掌後，接著氣息洩了，一時不再出招。他大口喘氣，冷冷說道：「你說清清白白？你敢說你清清白白？那你為何又親吻我娘？」

莊森嚇得背上冒出冷汗，要是剛剛運的是玄陽火勁，此刻肯定在冒白煙了。他吞口水，解釋道：「四師伯神智不清，把我誤認為我師父。她……是她親我的……」

趙言嵐氣得話都說不清楚了：「我娘親你、你敢說……你敢給我說這種話？誤認你是七師叔？你幹嘛不說誤認是我爹呀？啊？我操！」說完提氣再上，又是一陣猛打。

莊森越打越心虛，心想四師伯怎麼回事，這種事怎麼會跟兒子提起？最後他再也受不了，乾脆把心一橫，直接問了：「四師伯究竟怎麼回事？這種事怎麼會跟你說？」

趙言嵐罵：「好淫賊！這種事情你做得，人家說不得嗎？」

莊森說：「說得，當然說得。但是跟兒子說究竟是怎樣啊？」

趙言嵐運起十成功力，使出朝陽神掌中直截了當的「畢露鋒芒」，正面擊向莊森。莊森打得悶了，也使勁接他一掌。兩人這掌是打痛快的，驚濤駭浪的掌力進了體內用轉勁訣一轉，雙方都沒有受傷。但全力出掌還是起了宣洩作用。趙言嵐深吸口氣，長長吐出，說道：「是怎麼樣？我娘說，她這輩子除了我爹之外，就只讓一個男人碰過，就只讓一個男人親過。你告訴我，這是怎樣？」

莊森驚呆，張口結舌，無言以對，就這麼愣愣地站在原地好一陣子。他幾度張口欲言，都不知該說什麼才好。最後，只得語氣尷尬地說：「我、我真的不是有意的……」

趙言嵐轉頭看樹旁有塊大石，走過去坐下，擦擦頭上汗水，又說：「有意無意，我娘心裡都多了個人。她從前喜歡七師叔，但是總壇奪權後，兩人恩斷義絕，再也沒什麼好說的了。我娘說她永遠不會再見你，不要再見你。」

莊森呆呆說道：「四師伯……她……」

趙言嵐說：「我是跟我娘一起來蒲州的。但我昨日回客棧時，她就不在房裡，徹夜未歸……我問你，她不是……她不是去找你了吧？」

莊森大驚，忙搖手說：「不是！當然不是啦，我今天早上才到蒲州的。」

趙言嵐問：「你老實說，是不是你把她擄走了？」

莊森更驚：「不是！不是！四師伯武功那麼高，我哪擄得走她。」

趙言嵐冷冷看他片刻，微微搖頭道：「我娘如今……武功已經不是你的對手。你若眞要擄她……」

莊森說：「師弟，我沒有擄她。」

趙言嵐不理會他，閉上雙眼，運功調息。莊森連打帶跑，雖感疲憊，氣息倒不紊亂，無須坐下運功。他靠著樹幹休息，打量趙言嵐，想著他說的話，心裡除了尷尬，也不知道還能怎麼想。「四師伯說不要再見我，我自然也別去招惹她爲妙。然則言嵐師弟說她無端失蹤，這事可不能不管呀。」他見趙言嵐調息甚久，眉頭深鎖，這才明白他是在專研內功心法，突破轉勁訣。「趙師弟天賦卓絕，與我過招片刻，又有武學心得。看來他轉勁訣練到第九層也是遲早的事了。」

片刻過後，趙言嵐睜開雙眼，張口欲言：「淫……師……唉……短短兩年之間，你武功為何進展如此神速？」他調息冷靜後失去罵人的氣勢，不好叫莊森淫賊，「師兄」二字一時間又叫不出口，乾脆跳過稱謂。

莊森常被人問起怎麼年紀輕輕就練出這身武功，早有應付此問的標準答案：「就練呀。」但趙言嵐畢竟不是外人，莊森不想隨口敷衍他，便說：「我出道以來，經常遇上武功高我一點點的對手，有好幾次在敗中求勝，領悟神功的經驗。加上兩年前在太原見識當世武學頂尖之戰，眼界開了，剩下的也就是一點一滴地練起來而已。」

趙言嵐點點頭，站起身來，問他：「你若全力施為，只怕我在你手下走不出十招？」

莊森回想適才過招景象，對照趙言嵐功力及轉勁訣修為，知道眞要在十招內打倒他也不是不可能，但那必須下重手，肯定會讓對方身受極重的內傷。以莊森的個性，是絕對不會這麼幹的。他不想回答這個問題，於是目光低垂，看著趙言嵐腰間佩劍，提出心中浮現的一個疑問。「你剛剛口口聲聲說要殺我，為何又不出劍？你明知比拚掌法，以你我的轉勁訣修為，極難分出勝負。」

趙言嵐不答，縱身上樹，認明方向，往山下去。他說：「回城吧。孫姑娘說在等我們。」

兩人所處樹林距離山道甚遠，於是他們就跟來時一樣，在樹上縱躍，先下山再說。到了山腳道上，兩人放慢步伐行走，沒多久就趕上了獨自回城的孫紅塵。孫紅塵一見他倆，連忙迎上，細看有沒有人受傷。確定兩人身上都無血跡後，她才笑道：「你們師兄弟談清楚了？不是淫賊了？」

趙言嵐哼了一聲，沒有答話。莊森笑道：「孫姑娘知道我不是淫賊的。」

孫紅塵故作無奈：「莊大哥若是淫賊，這半個多月朝夕相處，碰都不多碰小妹一下，小妹可是要生氣的。」

莊森苦笑，難以應對。孫紅塵雖不似月盈那般作風大膽，敢愛敢恨，但這些日子以來，她也從未隱藏過對莊森懷抱好感之意。莊森心裡總以孫姑娘有求於我，我不可佔她便宜爲由，不讓自己多親近她。況且他也擔心月盈當眞回歸中原，前來尋他，若發現他與孫紅塵形容親密，可就不好解釋了。當日月盈在太原撞見他跟林曉萍一起，可是莊森這輩子最爲情受傷的一日。那種借酒澆愁的心痛感，他絕不想再度經歷。此刻聽她如此說話，莊森只好裝傻笑道：「孫姑娘眞愛說笑話。」

孫紅塵哀怨道：「跟塊木頭說笑，還不如去向趙二哥示好。」說著轉向趙言嵐：「趙二哥，你想學奇門八陣，我可以教你些入門的學問。」

趙言嵐說：「孫姑娘家學淵源，在下學不來的。話說，我又不行二，妳爲何叫我趙二哥？」

孫紅塵指莊森：「他是莊大哥，你就是趙二哥囉。」

趙言嵐搖頭：「我不要跟他稱兄道弟。」

孫紅塵笑著說：「兩位都是大名鼎鼎的俠客，何必如此彆扭呢？」

莊森攔著她說：「孫姑娘，趙師弟在生我的氣，妳就別多說了。天黑多時，我們還入得了城嗎？」

孫紅塵點頭：「我打探過了。蒲州四方城門入夜後都會關門，但南門會放中條山晚歸的信眾通行。這歐陽大仙生意做很大呀。」這一路上，孫紅塵居中協調，東扯一句，西扯一句，努力給兩師兄弟找話說。不多時進了城門，三人簡短商議，決定先去趙言嵐下榻的客棧吃飯。趙言嵐的客棧跟莊、孫兩人的客棧位於同一條街上，不過一間在街頭，一間在街尾。

進了客棧，他們先上二樓，確認崔望雪不在房裡，這才下樓用膳。孫紅塵說要親自去伙房做兩樣拿手好菜，丟下莊趙二人就跑掉了。師兄弟面對面坐著，大眼瞪小眼，過了好一陣子，趙言嵐才開口說道：「我不用劍是因爲……這些日子過得太悶，娘親又不見了，我心情不好，一看到你，舊仇新恨全湧上心頭，只想打你一頓出氣。」

莊森點頭：「你要打就打，何必叫我淫賊呢？」

趙言嵐說：「我脫口而出。看來所有舊仇新恨裡，我最放在心上的還是這件事。」

莊森捂住額頭說：「此事尷尬，我能說的也都說了。」他停頓片刻，抬頭問道：「你說日子過得悶。但青囊山莊兩年之間已經闖出名號，成爲江湖上的新興勢力。你年紀這麼輕，日後大有作爲，又有什麼好悶的？」

趙言嵐苦笑一聲，並不回答，只是問道：「你最近有見到言楓嗎？」

莊森搖頭：「我知道她曾去過長安探望六師伯，但是沒有住下。長安城燒燬之後，我就沒聽說她的下落了。她都沒去青囊山莊嗎？」

趙言嵐也搖頭：「她也只來探望過娘一回，然後就走了。她說當年總壇對立，她兩面不是人。如今她不能再當玄日宗的人，也無顏加入青囊山莊。我猜她會自立門戶，但就不知道她想幹什麼了。至少她沒有像娘一樣，太早嫁人，想幹的事都沒幹，只能苦悶一生。」

莊森問：「那四師伯自立門戶之後……」

趙言嵐說：「娘過得比從前快樂，但也少了從前的野心。她就像是籠中鳥，終於脫離牢籠，卻早已讓人拔了翅膀。我曾寄望七師叔能來找她，或許……他們兩人都能更快樂些。但是當年奪權背叛，我母子倆把七師叔傷得太深。我也知道那終究只是奢望罷了。」

孫紅塵端上一盤水煮羊肉，店小二也上了幾盤店裡的菜。孫紅塵坐下後說：「莊大哥，孫二哥，快嚐嚐小妹的手藝。」

莊森吃了口菜讚道：「這醋芹眞是好吃，蒜味調得剛好。」

趙言嵐也說：「這牛頭煲入味，熬得火候十足。」

孫紅塵氣道：「我做的是水煮羊肉啦！你們太故意了吧？」

飽餐一頓後，孫紅塵笑吟吟地說：「趙二哥，我聽說令妹趙女俠跟莊大哥並稱玄日雙尊，乃是當今武林第一美女。不知道她跟莊大哥……是不是一對兒啊？」

莊森當即嗆到，大咳特咳。趙言嵐搖頭說：「孫姑娘，我剛剛就說過了，妳不要跟這個淫賊走太近。我妹妹本來跟他挺要好的，後來發現他行止不端，就跟他漸行漸遠了。我這不是偏見瞎說，妳自己可以問他。」

孫紅塵笑著轉向莊森。莊森又咳幾聲，這才說道：「楓兒她……那個……有點複雜。」

趙言嵐又說：「我聽說去年莊森一直待在長安，玄日宗就有好事之徒在傳，說他看上了長安分舵舵主上官明月。上官師姊武功高強，人品又好，辦事能力一流，乃是一等一的人才。武林中想追求她的人不勝枚舉。莊森借著身爲大師兄之便，想要來個近水樓台也是有的。這事我沒跟他證實過，不如妳問問他吧？」

莊森忙搖手：「絕無此事！上官師妹她……人很好，是好朋友。喂，師弟呀，你又不是好事之徒，扯這幹嘛呀？」

趙言嵐一副看笑話的模樣說道：「本來嘛，師妹愛慕師兄，那是天經地義的事情。不過我倒聽說過莊森另有愛人，並非同門。此女十分神祕，我都不知道是誰。或許有朝一日，他會願意告訴孫姑娘。」

孫紅塵看出莊森臉紅，不禁笑道：「啊，莊大哥，這麼說來，你也挺風流的呀？」

趙言嵐說：「是吧，我就說是淫賊吧。」

莊森反擊：「趙師弟，你如此挑撥，不會是看上孫姑娘了吧？」

孫紅塵立刻轉頭看向趙言嵐。趙言嵐雙眼瞪大，忙說：「孫姑娘……貌美如花，又救了我性命。我就算對她一見傾心，也是很正常的事呀。」

孫紅塵雙臂抱胸，靠著椅背，看看趙言嵐，又看看莊森，笑容之中有點得意。她說：「大哥、二哥好會說話，小妹心裡有點飄飄然呢。」

莊森任她飄飄然片刻，接著放下碗筷，正色說道：「師弟，你說四師伯失蹤，究竟如何？」

孫紅塵訝異：「崔女俠失蹤了？」

趙言嵐尚未答話，就聞客棧門口有人說道：「沒有失蹤，出門辦事罷了。」

三人忙轉頭。趙言嵐和莊森喜不自禁，同時起身，一個叫：「娘！」一個叫：「四師伯！」

孫紅塵愣在原地，目瞪口呆，不信世上竟有如此美人，更難相信眼前之人竟是趙言嵐的母親。

第七章　玉華佗

崔望雪走向三人，三人立刻起身。趙言嵐上前接下娘親的醫袋；莊森拉開長凳請四師伯入座；孫紅塵則連忙請小二過來添飯加筷。崔望雪說吃過了，不須盛飯。都忙完後，三人再度就座。趙言嵐幫娘親介紹孫紅塵，說是洛陽了緣居士之女，還言及她在中陽洞救過自己性命。崔望雪謝過孫紅塵救子之事，隨即問起了緣居士安好。

孫紅塵問：「崔女俠認識我爹？」

崔望雪搖頭：「久仰大名，可惜緣慳一面。」

趙言嵐關心問道：「娘，妳究竟上哪兒去了？可把孩兒給急死了。」

崔望雪道：「你娘這麼大個人了，行走江湖多年，又有什麼好急的？」

趙言嵐說：「不是，我們一起出門，娘要辦事也知會我一聲。」

崔望雪笑道：「有人上門求醫，我也不好等你回客棧再走。」

「究竟是什麼病症，要娘救治一夜一日？」

崔望雪眉頭微皺，說道：「距離遠也是原因。我們昨日午後出城，前往城西四十里外的野馬莊。那野馬莊並不養馬，而是因為莊主范先生雅善丹青，喜好畫馬，故此得名。范先生說日前在道上救了一人，渾身刀傷，處處骨折，還讓人餵了許多毒藥，請來附近名醫都束手無策。他聽說我來到蒲州，立刻就差總管請我去了。」

莊森覺得事有蹊蹺，想要開口，一時竟不敢對四師伯說話。幸好趙言嵐問了：「娘，這人心腸甚好，素不相識的陌生人也肯盡心救治。但他怎麼知道妳來到蒲州？咱們這回暗中查案，可還沒有開門行醫。」崔望雪如今濟世救人，每到一處所在，總會亮出青囊山莊的招牌開門行醫，解決當地疑難雜症，也有不少醫生會聞風而來，求教於她。

崔望雪說：「范先生人脈廣，消息靈通。想找醫生，立刻就打探到我在蒲州。」她話是這麼說，語氣卻並不肯定，似乎也對這種說法有所保留。趙言嵐熟知娘親個性，知道後事尚有可疑之處，於是不再插嘴，請她說下去。崔望雪說：「我細查傷者，發現身上的傷口都劃得剛好，多一分便足以致命，偏偏就少那一分。十指指甲皆遭拔除，所服毒藥也都是折磨用藥，會造成劇痛和極度不適，但不容易致死。」

趙言嵐說：「刑求。」

崔望雪點頭：「范先生下了極重的麻藥，令他昏迷不醒。我怕弄醒了他，他會當場痛死，所以始終沒有跟傷者說到話。我縫合傷口，接好斷骨，運功驅毒，又給他吃了幾顆青囊丹。治了整夜才處理妥當。而後我在野馬莊休憩片刻，吃了頓飯，范先生就派車送我回來了。」

趙言嵐皺眉：「娘，妳都沒多問嗎？萬一那人是范先生刑求的怎麼辦？」

崔望雪閉目回想，說道：「我瞧著不像，但也不能肯定。照說刑求到那個地步，不管問什麼都會招了。對方下手如此凶殘，沒道理還找我去治他。不過我沒多問，也是有所忌憚。那野馬莊建築擺設受到高人指點，隱含五行八卦之意，我怕說僵了動手，會討不到好去。總之救人一命，總不是壞事。范先生以禮相待，言談之中十分客氣。我治好了傷患，自然就回來了。」

她側頭看向孫紅塵，問道：「孫姑娘怎麼突然緊張了？」

孫紅塵心驚問道：「敢問崔女俠，妳醫治的傷患長得什麼模樣？」

崔望雪皺眉：「妳這麼問是……」

孫紅塵細說：「他右眉上可有塊黑斑？左乳三吋處可有舊刀疤？」

崔望雪眼珠轉向莊森。莊森忙道：「孫姑娘的父親遭人擄去，我們此行來蒲州，就是為了找他。四師伯提到五行八卦，自然聯想到了。」

崔望雪眉頭深鎖，牽起孫紅塵的手掌握住，緩緩說道：「妳所說的特徵，傷者身上都有。莫非他就是妳爹了緣居士？」

孫紅塵急得哭了出來，當即跪下說：「崔女俠，妳快帶我去救我爹！求妳救救我爹！」

崔望雪連忙扶她起來，安慰道：「人我已經救了，妳不必擔心他的安危。只要帶他離開野馬莊就行了。孫姑娘家學淵源，既然在中陽洞救過我兒，那野馬莊的布置定難不倒妳。今日晚了，難以出城，況且傷勢剛處理好，亟需休息，也不宜移動，要救人還是等明日再說。孫姑娘稍安勿躁，此事究竟如何，還請從頭說起。」崔望雪知孫紅塵心急，只想立刻飛出城去救爹，請她從頭說起，一來為了清楚狀況，二來也是要她冷靜。

孫紅塵將來龍去脈交代清楚。整件事情趙言嵐也是首度聽聞。崔望雪要莊森取出桃源帖來，拿在手上細細觀看。「『亂世避戰禍，潛居桃花源』。好哇，真是好。嵐兒，你怎麼看？」

趙言嵐接過桃源帖，說道：「亂世中若真有桃花源供人避禍，實為美事一件。」

「嗯。」崔望雪點頭。「看到這兩句話，只怕多半人都會這樣想。三奇宮發出桃源帖，這點子就不新鮮了。此時此刻，八成有不少人已經在構想建立桃花源，趁機賺這一筆。朱全忠燒長安殺親王，沒有什麼比這時機更適合販售桃花源了。」

孫紅塵說：「其實真要避禍，找座深山隱居便是了。何必如此大張旗鼓？」

崔望雪開示：「孫姑娘年輕寡慾，有所不知。出得起千兩黃金的人，不可能去深山中隱居。他們要避戰禍，也得帶著大批下人家當一起過日子。想賺這些人的錢，可得大張旗鼓，弄得風風光光才行。」

趙言嵐問：「娘的意思是……還有第二方人馬在搞桃花源？」

崔望雪搖頭：「此刻做此推測，太過武斷。我只是說有此可能。倘若那位范先生要從中搞鬼……野馬莊的布置看起來不像出自三奇宮的手筆，倒像是……倒像是……」說著刻意朝莊森看了一眼。

莊森皺眉：「玄日宗？」

崔望雪微微點頭：「我對本門的奇門術數研究不深，但當初為了二師兄的事，我還是下了一番苦心，把鎮天塔中的藏書拿出來讀。我們玄日宗六合陣跟一般奇門八陣大抵相同，所差者僅在些微的方位變化。但是二師兄的術法另闢蹊蹺，隱生死、掩吉凶，輔以四象七曜二十八宿，一般奇門高手遇上，也會被整治得團團轉。」

莊森知道崔望雪說的是《左道書》中命理篇的學問，只是此刻有外人在場，不便言明。可莊森並不清楚趙言嵐是否知道《左道書》之事，在他面前不確定該吐露多少。兩年前總壇翻臉，雙方本來沒什麼好說的，但玄黃天尊乃是崔望雪的父親，梁棧生等三個師兄弟商議之下，還是將玄黃洞之役的事情私下告知崔望雪，所以她是知道世上還有第二套《左道書》的。

莊森說：「二師伯的高深學問，並沒有在本門中傳承下來。據弟子所知，太原玄黃山曾有高人方士撰寫《玄黃七經》，遭人竊盜，流傳世間。那七經中的學問，與本宗頗有淵源，四師伯所見，或許是七經傳人的陣法。」

崔望雪沉思片刻，說道：「你跟我一樣精通醫道。本門命理之術，只怕你沒有多加涉獵？」

莊森搖頭：「弟子自以爲懂點門道，但在孫姑娘這等行家面前，立刻就破功了。」

崔望雪側頭看向孫紅塵，疑問道：「那孫姑娘……行嗎？」她此刻心中是拿孫紅塵與李命相比。孫紅塵年紀輕輕，不管家學有多淵源，只怕都不會是李命的對手。

孫紅塵忙說：「小女子自然比不上我爹，但在一般方士面前也不會被比下去的。」

崔望雪點了點頭，心想：「倘若對方是七經傳人，那可不是一般方士了。」她沒把這話說出口，只是對孫紅塵道：「孫姑娘不必擔心，今晚先養足精神，明日一早，嵐兒跟森兒陪妳同去野馬莊。有他們兩師兄弟在，天大的事也能辦成。嵐兒，你先送孫姑娘回客棧。我有話要對森兒說。」

趙言嵐不樂意：「娘……」

莊森暗自心驚，但又不好多說什麼，只能規規矩矩坐在原位，尷尷尬尬不發一言。

崔望雪說：「我跟森兒談的話，涉及玄日宗隱私。孫姑娘在，多有不便。你先送她回去。」

如此說法合情合理，趙言嵐沒有立場拒絕，只好點頭道：「是，娘。」說完帶孫紅塵離開客棧。

崔望雪看著莊森，沉思不語。莊森不知道她想說些什麼，不禁讓她看得面熱起來。崔望雪見他臉紅，彷彿突然回神，問道：「森兒，七經傳人的武功如何？」

莊森鬆了口氣，連忙回話：「他們一夥人偷走玄黃天尊的《左道書》，分了書各自習練，並無名師指導。就算天賦異稟，囿於習練時日，武功修爲還是有限。我跟言嵐師弟應付得來。」

崔望雪點頭說道：「那就好。我們母子既然脫離玄日宗，總不能讓嵐兒一直跟著你跑。這次機會難得，我希望你趁機開導他。或至少，讓他有個同輩的朋友。」

莊森問：「師弟有什麼需要開導的嗎？」

崔望雪嘆息：「他從前是天下第一大門派的少主，眾望所歸的接班人。成爲武林盟主，也是指日可待。再加上兩年前若眞能成事，他就算要當皇帝，也不是沒有可能。如今，他只是武林一個小門派的門主。儘管青囊山莊的名聲逐漸響亮，可日後只怕發展有限。師伯是看開了，沒什麼好求的。但言嵐年紀輕輕，武功高強，自然會想要有所作爲。他此刻很迷惘，不知道今後何去何從。再加上去年梁王府的事……」

莊森揚眉問道：「梁王府？」

崔望雪說：「朱全忠設宴汴州，親自遊說他加盟梁王府。承諾他首席食客之位，領導梁王府群豪。嵐兒權衡利害，考慮再三，認定那是他東山再起的絕佳契機。但師伯如今閒雲野鶴，只想懸壺濟世。每日救幾個人，心裡就覺得開心踏實。我不願再參與軍國大事，是以無意加盟。朱全忠的意思是要我們母子倆一同加盟。只有嵐兒，他不收。」

莊森想起趙言嵐心高氣傲的個性，忍不住嘆氣說：「師弟受到打擊了。」

崔望雪低頭：「他嘴裡沒說，但我知道他心裡是怪我不支持他的。況且朱全忠那態度，顯然是指他趙言嵐少了師門庇佑就什麼也不是。此事讓嵐兒了解到江湖中人對他的看法，始終還是庇蔭在師門父母下的後輩。他急著闖蕩自己的名號，到處找事來管。但如此性急之下，也容易遭人利用。他就像那無頭蒼蠅，憑藉熱血四下亂竄，沒有個長期的目標，心中怎麼樣也不會安定的。」

莊森說：「師伯都這麼說了，我自當盡力而為。只不過師弟對我心存芥蒂，我說話他未必聽得進去。」

崔望雪點頭：「你肯用心，也就好了。森兒，這位孫姑娘可是你的相好？」

莊森忙道：「不是。我與孫姑娘結伴而行，一路上都是分房而睡，絕沒有任何踰矩之事。」

崔望雪微笑：「你不必緊張。師伯也不會管你這個。我只是看嵐兒對她似乎頗有好感，怕你會不開心。」

莊森說：「孫姑娘自三奇宮的刀石陣中救出師弟。師弟自然感恩圖報。」

崔望雪問：「破三奇宮刀石陣，你也有出力吧？師伯承你的情，也不是第一次了。大恩不言謝，你日後遇上困難，儘管來找師伯幫忙吧。」

莊森說：「多謝師伯。」

崔望雪噗嗤而笑，掩嘴道：「怎麼反而是你謝我了？好了，所謂知子莫若母，以我對嵐兒的了解，他既然知恩圖報，又對孫姑娘有好感，必定會在她面前尋求表現。孫姑娘救父心切，此刻他們兩人多半已經出城趕往野馬莊了。」

莊森大驚：「那怎麼好？」

崔望雪揚手要他稍安勿躁。「我們不知那范莊主的底細，也不知他會不會冒險徹夜運送傷患。早點去盯著他，也是好的。」

思及事情可能與七經傳人有關，莊森就是有股莫名的緊張：「我還是盡快追上去好。」

崔望雪點頭：「你先幫我打發外面那些人吧。」

莊森回頭看向門口，說道：「師伯也發現有人暗中窺視？」

「我讓嵐兒先走，就是不想他擔心我的安危。他若老是惦記著我，做事總是有些顧忌。這些人從我傍晚入城就跟上我們的車，也不知是什麼來頭。」

「會是野馬莊的人嗎？」

「問問他們。」

莊森站起身來，面對門口，揚聲道：「哪一路的朋友藏身門外？還請現身。」門口走入三人，身穿黑衣，夜行打扮，顯是不懷好意。爲首之人說道：「兩位好耳力，這樣都讓你們聽出來了。」

莊森側頭看他，神色倨傲地問：「是野馬莊范莊主叫你們來的嗎？」

黑衣人直言不諱：「范莊主要我們盯著這位美貌醫生，倘若她安安分分，那就放她一馬。倘若她想對野馬莊不利，那就只好教訓一頓了。」

莊森哈哈一笑：「三位與范莊主有何過節，他爲何要派你們來送死？」

黑衣人神色一僵，罵道：「死到臨頭，還在嘴硬。我看你是活得不耐煩了。」

莊森上前一步，昂然而立，冷笑道：「你們可知這位美貌醫生是誰？她就是青囊山莊的主人，綽號『玉面華佗』的崔女俠。你們惹得起嗎？」

三名黑衣人同時倒抽一口涼氣。爲首之人拔出長劍，喝道：「崔望雪一介女流，不過依憑夫貴，哪有什麼本事？妳從前是玄日宗的人，老子還怕妳三分。如今妳都被玄日宗趕出來了，我還怕妳個鳥！」

莊森又上前一步。這回除了爲首的黑衣人外，旁邊兩個黑衣人都不由自主後退一步。莊森問：「若是玄日宗，你就怕了嗎？在下玄日宗莊森，尚未請教？」

黑衣人臉色微變，吞口口水說：「老子……我、我是蒲津幫幫主，人稱蒲州第一劍！」

莊森恍然大悟：「原來是地方幫派。范莊主僱用你們來找崔女俠的碴，那是不把你們當活人看了。」

蒲州第一劍氣得哇哇大叫，出劍罵道：「你們玄日宗仗勢欺人，從來不把我們蒲津幫放在眼裡。今日讓你知道，武林中臥虎藏龍，豈容你們如此囂張！」他話才說完，劍已經讓莊森奪了過去。莊森斜劍一比，劃破蒲州第一劍的膝蓋，令他摔倒在地。另外兩個黑衣人轉身就跑。莊森擔心他們回去搬救兵，會對崔望雪不利，於是閃身而上，將兩人的腳也劃傷。接著，他請掌櫃的取來麻繩，綑綁三人，丟入柴房關著。

原本莊森說要審問他們，崔望雪搖了搖頭：「唉，我崔望雪真是讓人小瞧了，竟然派這種三腳貓來殺我。別管他們了。那范莊主既起滅口之心，肯定有鬼。森兒，你快去野馬莊吧。」

莊森遲疑問道：「四師伯，師弟說妳的身子大不如前……」

崔望雪說：「我還沒有弱到手無縛雞之力。你快去吧。」

莊森行禮告辭，離開客棧。

第八章　野馬莊

出客棧後，莊森鬆了口氣，慶幸崔望雪沒提任何尷尬事。他先趕回客棧，確認孫紅塵和趙言嵐沒有回去，這才轉向城西，準備出城。莊森有過幾次城門關後想要出城的經驗，最保險又繁瑣的自然是找沒有衛士巡邏的地方翻牆而出。翻牆一般需要繩索鉤爪，莊森武功高強，可能省去也行，但他不願輕易嘗試，萬一摔傷了可不是鬧著玩的。

如果是在長安城裡，他就會去找天工門挖好的地道。那四方城門地道在去年長安城焚燬時發揮了不小的作用，協助疏散了許多百姓。但蒲州沒有天工門分堂，多半也沒這類地道。莊森思考片刻，決定直接前往西城門，採取最簡單的手段：賄賂。畢竟他此刻不在蒲州官府通緝名單上，只要出的錢夠多，守城衛士多半都會開小門放他出城。他心想孫紅塵武功不高，趙言嵐若沒費心去準備繩索，應該也會走城門。

莊森來到城門口。城門衛士冷冷看他走近，問道：「幹什麼的？」

莊森看四下無人，順手抽出一串銅錢，恭恭敬敬呈上，說道：「大人，跟你打聽打聽，適才有沒有個年輕公子帶個美貌姑娘路過？」

衛士見錢眼開，和顏悅色地說：「有呀。那姑娘美得緊，那公子艷福不淺呀。」

莊森問：「敢問大人，他兩人可是出城了？」

衛士臉色一沉：「哎呀，你當我們守城衛士是死的嗎？隨便放人出城？」

莊森順手又抽出一串銅錢，放在衛士平攤在他面前的手心裡。「實不相瞞，那女子是我妹妹，就是不聽話，要跟那臭小子私奔呀。我若不趕快跟著出去，到明天可就追不上啦。」

衛士氣得哇哇大叫，收起銅錢說：「豈有此理！我最討厭的就是拐帶民女私奔的小白臉了！你快去追！快去追！這種小白臉專靠女人吃飯的呀，你要是去得遲了，妹妹遭他賣入火坑，那可就完蛋啦！」說完打開小門，放莊森出城。

莊森出得城外，鄰近城門的官道上尚有不少人家，不過沒點幾盞燈火。四下一片漆黑，跟長安城外入夜後的繁華景色大相徑庭。莊森心想四師伯只說出城走了四十里路，可沒說是直走還是有在哪裡拐彎。此刻孤身步行，不管怎麼走，趕出四十里路都已三更半夜。那野馬莊若是沒點燈籠，深夜之中如何找得到它？但是城都出了，道上無人，除了悶頭趕路外，也沒有其他選擇。

他心想；「趙師弟帶著孫姑娘，腳程不可能快。我且提氣追趕，看看能否趕上他們。」於是展開輕功，在大道上奔跑起來。

跑出一段路後，他想道：「圍攻客棧之人，武功不怎麼樣，四師伯自可抵擋，本不需我出手。她留我下來，除了對我交代事情外，或許也爲了給言嵐師弟製造與孫姑娘獨處的機會。我就這麼追上去，會不會打擾他們？哎，我想什麼，四師伯就見了孫姑娘一面，哪會貿然幫兒子製造機會。定是言嵐師弟亂叫淫賊，讓我盡想些風花雪月之事。再說，打不打擾人家，總得先追上了再說。」

他看到前方路旁有間小屋，屋後黑影晃動，似是有人。莊森心感有異，便往路旁一棵大樹後閃去。他才閃到樹後，樹對面已經傳來輕響，彷彿有極細小的東西扎上了樹。莊森探頭一看，月光照亮一點朝他竄來的金光。他連忙縮頭，順著遁入路旁草叢中的金光看去，竟是一枚金針。

莊森聚功不散，輕聲說話，將聲音傳往適才看見的民宅黑影處，問道：「是趙師弟嗎？」

對面同樣傳來蚊子功的嗓音：「是莊師兄？對不住。我道是敵人，拿金針射你。」

「不是故意的就好了。有敵人嗎？」

「我沒瞧見。孫姑娘說有古怪，我們就先藏身起來。」

莊森凝神察看，沒看出有人埋伏的跡象。但是天色昏暗，道旁除了兩間民宅外，就是樹木，黑漆漆的什麼也看不清楚。他步出樹後，穿越道路，走向對面民宅牆影。西北方響起破風聲，一支羽箭從天而降。莊森聽音辨位，側身避過，隨即提氣朝西北樹林而去。趙言嵐忙以蚊子功傳聲：「師兄別追！孫姑娘叫你過來，從長計議。」

莊森足下輕點，兩個起落，來到趙孫二人所在的牆影下。他問二人：「你們沒事吧？」

孫紅塵站在牆邊，露出半邊臉打量路上的景象。趙言嵐拔出佩劍，站在她身旁守護。他對莊森說：「孫姑娘尚在鑽研。」

莊森湊到孫紅塵身旁，順著她的視線望去，搖頭問：「怎麼看出有問題的？」

孫紅塵頭也不回，右手往上一比說：「天象怪異。」

莊森抬頭，滿天星斗，一時也看不出天象有何怪異之處。孫紅塵提示道：「看二十八宿角木蛟。」

莊森朝東望去，只見青龍龍首星光黯淡，角宿彷彿缺了一角。莊森搖頭：「孫姑娘的意思是說，對方道法高深，竟能改變天象？」

孫紅塵皺眉：「改變風向都難了，怎麼可能改變天象。這定是某種幻術，只是我看不出手法。」

莊森問她：「遮掩星辰是什麼意思？」

孫紅塵推測：「多半是標示何處有人。此陣範圍廣大，他們深夜布陣，難以掌握敵情，便以星相作爲依據。你看看還有哪些星宿有異的？」

莊森後退兩步，細觀天幕，數道：「心月狐、尾火虎、牛金牛、虛日鼠、危月燕、奎木狼、胃土雉、參水猿。」

孫紅塵暗自盤算：「八名關主，這還是奇門八陣。只不過八門如何對應二十八宿，小妹一時看不出來。莊大哥、趙二哥，我們是要硬闖，還是等到天亮再說？」

趙言嵐不懂奇門術數，只能看著他們拿主意。莊森揮揮手，讓孫紅塵後退，自己湊到牆邊看，對照天上星宿的方位，猜測敵人所在位置。他說：「倘若孫姑娘推測不錯，敵人知道我們在哪兒，我們也能看出他們在哪裡。一會兒由我出面誘敵，引那些關主催動陣法。孫姑娘帶師弟從旁入陣，找出關主各個擊破。」

孫姑娘拉他衣袖：「莊大哥，你千萬別把他們當成中陽洞那些庸才。這陣法催動起來，不知道會有多厲害。」

莊森拔出長劍，解下劍鞘，放在地上，說道：「我會小心。你們也小心。」

他走出房舍牆後，慢慢來到大道上。眼觀六路，耳聽八方，絲毫動靜都不敢放過。西北方再度有箭破風而來，箭聲呼嘯，是支響箭。莊森深怕對方透過箭聲掩飾其他聲響，當下不敢怠慢，縱身而起，朝對面樹林躍去。樹林中寒光一閃，一支無聲箭迎面而來。莊森橫劍一擋，箭勢偏斜，身後地上咚咚咚插了三支箭。他暗自心驚，改變衝勢，身形拔起，落在一棵樹上。他不敢停留，提氣縱躍，兩旁樹枝樹幹隨即插上好幾支箭。

莊森一邊躲箭，一邊心想：「好傢伙，箭勢綿密，自四面八方不絕而來，我根本連哪裡發箭的都看不清楚。若是腳下稍微慢點，只怕當場就要變成蜂窩。」他腳下使勁，速度更快，突然間左方飄來一支羽箭，自他眼前三吋處轉眼掠過。莊森大吃一驚，心想：「放箭無聲，箭勢迅捷，射箭之人內力強悍，武功高過其他關主。這傢伙多半就是主陣之人，不知道是不是那個什麼范先生？」

他身體急旋，沖天而起，竄出林頂一丈有餘，宛如展翅大鵬般飄在夜空之中。身影在空中將落未落，當場成為所有關主的顯眼目標，急轉間終於讓莊森看見了幾支箭射來的位置。他長劍揮撒，施展絕學，將八支幾乎同時射到的羽箭盡數砍斷，隨即落回林中。

莊森落回地上，不敢停留，轉身又往西走，邊跑邊想：「說起自暴行蹤、吸引敵箭，最多也就是做到剛剛那樣了。只盼趙師弟和孫姑娘有把握機會，匿蹤偷襲。繼續跟這八門關主周旋下去，天知道我什麼時候會受傷啊。」他突然轉頭看向左側飛掠而過的一棵大樹，還有插在樹上的兩支羽箭，心想：「這樹我適才便已路過，但是……以我所走的方位，怎麼又會繞回來呢？可惡，這畢竟還是迷魂八陣，不小心是會迷路的。」

方思及此，腳下突然一陣劇痛，跟著右腳一軟，摔在地上，在草叢中滑行數尺。他駭然：「怎麼？難道我中箭了？」他滾到一顆大石後方，伸手去摸右腿，感覺褲管上有道口子，濕淋淋的，流了不少血，但卻沒箭。他不敢停留，劍交左手，捂住傷口，繼續移動，不過放慢速度，寧願出劍擋箭，也不敢像剛剛那樣盲目飛奔。他暗想：「原來這亂箭陣中尚有尖刀陣。只是尖刀不是用丟的，而是架在草中，傷人於無形。我得小心落腳處，不然又要受傷。」

所幸射向他的亂箭逐漸稀少，也不知道是關主被解決掉了，還是他們轉而對付趙言嵐二人。莊森越走步伐越虛，雖知是傷口失血之故，然而情勢緊急，他只得用劍割下半截衣腳，一邊走路，一邊綁緊大腿，勉強抑止失血。後方再次來箭，他揮劍擊落，突然兩腳一絆，摔在地上。他想：「慘了慘了，夜色昏暗，沒看清流了多少血。這下我步伐虛浮，走不快了。只希望趙師弟和孫姑娘合作無間，破此陣法。」

莊森靠著身邊的樹幹，站起身來，長劍指地，四下留神，隨時準備擊打飛箭。他騰出一手，自衣襟中取出隨身藥包，揀出一粒大補丸放入口中吞下。片刻過後，他感到氣息順暢，彷彿從濃霧中走了出來般，知道敵人布下的陣法出現異動，起碼有一部分讓孫紅塵給破了。他吐了口氣，側耳傾聽，右方數丈外傳來人聲，一個男人壓低音量說道：「哪裡來的小妞，如此厲害，竟能看穿師父的六合陣？」

另一人說：「師父要我們攔截崔望雪，只說她武功高強，卻沒提到有個擅長奇門術數的姑娘。」

頭一人說：「師叔說撤，我們就快撤吧。那兩個男的都是絕頂高手，慢了一步可就走不掉了。」

莊森撿起兩粒小石，辨明方位，投擲而出，然後就沒聽見下文了。他心想：「若非那兩個傢伙武功高強，就是這奇門陣法厲害，明明聽得清楚，偏偏方位還是錯了。」

突然之間，萬籟俱寂，夜色下的蟲鳴鳥叫盡皆消失。片刻過後，莊森耳中再度傳來聲響，彷彿突然從水裡回到陸地上般，一切聽得清清楚楚。他長長吐了口氣，知道六合陣已完全破除了。過了一會兒，便聽見孫紅塵在叫：「莊大哥？莊大哥？」莊森揚聲道：「我在這裡。」

孫紅塵和趙言嵐循音而來，一看到他滿腿鮮血，大驚問道：「莊大哥，你受傷了？啊！這……流了好多血呀。」

莊森道：「孫姑娘，莫驚慌，這傷不礙事的。」

孫紅塵跪倒在他身邊，伸手想碰傷口又不敢：「怎麼可能不礙事，這傷得很重呀！」

莊森搖搖手問：「你們破了他們的陣法，可有擒到他們的人？」

趙言嵐神色慚愧，搖頭道：「一個都沒有，全都讓他們跑掉了。這些人武功也不甚高，就是陣法厲害，我明明快抓到他了，偏偏他往樹後一閃，人就不見了。」

孫紅塵安慰他：「那是布置好的障眼法，他們打算對付名滿天下的崔女俠，自然有備而來。」

趙言嵐嘆口氣道：「我總道奇門術數裝神弄鬼，從來不曾認眞看待。今日在中陽洞中栽過一回，也還罷了。想不到那歐陽大仙的道行在這些傢伙面前不過小巫見大巫。」

莊森在兩人攙扶下走出樹林，回到道上，就著月光檢視傷口。他說：「師弟，怎麼你這麼多年來從未見過二師伯布置陣法嗎？我師父說二師伯的渾天六合陣厲害無比，連他當年也差點受困其中。」

趙言嵐搖頭：「二師叔武功高強，從不須費心布陣對付任何人。那渾天六合陣，他也只爲了七師叔布過一次。當時二師叔已對我母子起疑，布陣時沒讓我們得知。我只道二師叔觀天象，曉命理，未卜先知，掌握天下運勢。奇門八陣什麼的，就不知道了。」

莊森見腳上刀傷甚深，幾乎傷及筋骨，必須立刻處置才行。他靠樹坐下，取出隨身針線，皺眉說道：「對方六合陣破，匆忙撤走，定料到我們會連夜趕去野馬莊救人。我們若是去得遲了，他們不是另行布陣，就是帶了了緣居士離開。我腳上負傷，總要休息片刻才能趕路……」

孫紅塵急道：「讓他們帶走我爹，再找他們可就難了！他們又不是三奇宮的人，來歷不明，如何找起？」

趙言嵐說：「城門外有驛站，我去偷牽三匹馬來。」

孫紅塵大驚：「偷官馬不好吧？」

趙言嵐搖頭：「救人要緊，顧不了這許多了。」說完往城門跑去。

莊森一邊縫合傷口，一邊說：「孫姑娘別慌。妳一生規矩，不犯王法。但我們玄日宗每日與官府周旋，偷幾匹馬眞的不算什麼事。」

孫紅塵接過莊森手中針線，細心幫他縫合。她說：「莊大哥，小妹只是擔心招惹官府，又生變數。」她細細縫了十餘針，自懷中取出乾淨手絹，擦拭血跡，塗抹莊森的藥膏，包紮傷口。莊森默默看著孫紅塵，月光映照她白皙的面孔，關心之情形於色，也不知是關心莊森的傷勢多些，還是父親的安危多些。孫紅塵將手絹打結，使勁一扯，莊森微感吃痛，哼了一聲，伸手過去握住孫紅塵的小手。孫紅塵抬頭看他，臉色一紅，卻不急著收手，就這麼讓莊森握著。

莊森見她羞澀，不由得看痴了。他鬆開孫紅塵的手，低頭看著包紮好的小腿，笑道：「孫大夫醫術了得。這麼包紮，我的傷都不怎麼痛了。」

「莊大哥爲了小妹的事受傷，小妹心裡過意不去。」孫紅塵反過去握住莊森的手，嘆氣問道：「莊大哥可是心裡有人，執意不解風情？」

莊森笑著看她，好一會兒沒有說話。遠方馬蹄聲響，趙言嵐偷馬回歸。莊森緩緩收手，但孫紅塵微微使勁不放開，只是神色哀怨地看他。莊森無奈道：「我心裡有人，卻不知這輩子還有沒有機會再見到她。孫姑娘的心意，莊某如何不知？但若有朝一日讓我再遇上她，我不知道會怎麼做。」

孫紅塵問：「不能等你遇上她再說嗎？」

莊森一愣：「那對妳怎麼好呢？」

耳聽趙言嵐騎到近處，孫紅塵終於放開莊森。她道：「莊大哥有情有義，小妹衷心佩服。」隨即轉身對趙言嵐揮手：「趙二哥，拉馬可順利？」

「順利。孫姑娘上馬。」趙言嵐騎一匹馬，牽兩匹馬，停在兩人面前，對莊森道：「師兄，我們趕著救人。你腳上有傷……」

莊森左腳使勁，翻身上馬，說道：「不礙事。救人要緊，咱們追！」

趙言嵐出城前曾於客棧打探野馬莊所在，如此趕路半個時辰，轉上最後一條岔路，遠遠瞧見星空泛紅，隱現火光。莊趙二人心知不妙，快馬加鞭。孫紅塵不擅騎馬，跟之不上，在後方叫道：「前有火光，是野馬莊嗎？」

趙言嵐回頭道：「孫姑娘，擔心無益，趕去再說。」

不一會兒渡過林間小溪，來到一座大園子外，一看大火連天，圍牆之中火頭四起，燒得厲害。幸虧那莊園圍牆離樹林甚遠，有阻隔火勢之效，大火才沒蔓延開來。火勢太大，馬匹躁動，不願接近，三人於十餘丈外翻身下馬，衝到莊園門口，只見雙扇大門躺在門內地上，門口火舌吞吐，難以入莊。

孫紅塵心急如焚，一把緊抓住了莊森手臂，哭道：「莊大哥，怎麼辦？我爹、我爹他……」

莊森安慰道：「孫姑娘，莫驚慌，多半是他們料到我們要來，爲掩行蹤，自行放火燒莊。」

趙言嵐走近大門，摀住口鼻，皺眉道：「師兄，有焦肉味。」

莊森大驚：「燒死人了？」他緊抓孫紅塵手，不讓她過去。趙言嵐挑了火勢稍小處的圍牆，縱身躍起，站在牆上細看片刻，隨即下牆，回到兩人身邊：「正院內有死人，火大看不出人數。屍體身上插有刀劍，似是毆鬥而亡。」

莊森道：「沿著莊子繞，找火小處入莊。」

趙言嵐帶著孫紅塵先往左側尋去，莊森行走不便，緩步而行。到了圍牆轉角，見趙言嵐於二十丈外牆前叫道：「師兄，側門火小，我們進去了。」莊森尚未答話，趙孫二人已闖入莊內。

莊森擔心二人，走得急了，傷口吃痛，滲出血來。他心想：「傻了，何必擔心？莊內縱有凶險，又有什麼是趙師弟應付不來的？」正安慰自己，莊內卻傳來巨響，似是屋頂陷落，房舍坍倒。莊森神色大變，也顧不得傷口崩裂，提氣狂奔。來到圍牆側門，正好趕上趙言嵐與孫紅塵一前一後跑出火場，手裡各抱一名男子。

孫紅塵懷抱之人灰衫布衣，家丁打扮，左腳上插支羽箭；趙言嵐手中之人黑衣黑褲，夜行裝束，右腳血肉模糊，燒傷厲害，似是讓火燒重物壓過。

這兩人被抱著脫險，嘴裡兀自對罵不休。灰衣人叫：「三奇宮沒半點風骨，本事比不過我們莊主，卻來趁夜燒莊！」

黑衣人罵：「野馬莊黑吃黑，搶我們的人又怎麼說？」

「我們搶得光明正大，哪像你們搞偷襲的？」

「哎呀？不要臉呀！吃我一拳！」

那黑衣人給趙言嵐抱著，離灰衣人三步之遙，如此出拳根本打不到他。灰衣人卻不甘示弱，在孫紅塵懷裡掙扎，也要對空還拳。趙言嵐也還罷了，孫紅塵抱人出火場，早感吃力，讓他這麼一掙扎，雙手登時軟了。撲通一下就把灰衣人摔在地上。就聽嘶的一聲，灰衣人左腳箭頭往地上一撞，羽箭從他腳後穿了出來，痛得他哇哇大叫。

黑衣人幸災樂禍，笑道：「痛死你這不要臉的！知道咱們三奇宮不好惹了吧。」

趙言嵐臉色一沉，把黑衣人也丟地上。那黑衣人腳傷嚴重，一摔之下連叫都叫不出來，臉揪得跟包子似的，淚如泉湧，吃痛半天才道：「恩公，你救人救到底呀！這麼摔我，不是要我老命嗎？」

趙言嵐冷冷說道：「你們兩個死裡逃生，居然還這麼多恩怨？再吵下去，我把你們都丟回去。」黑衣人和灰衣人連忙閉嘴，連痛都不敢亂哀。趙言嵐轉向走到近處的莊森道：「師兄，我再進去瞧瞧還有沒有活口，這兩個傢伙就交給你了。」說完閃身入院，消失於火場中。

莊森在樹林邊一塊大石旁坐下，請孫紅塵將兩人抬到面前，檢視兩人傷勢。他撕下兩人褲管，給黑衣人塗抹藥袋常備的清涼膏，舒緩疼痛；接著折斷灰衣人腳上羽箭，劃開箭頭深陷的傷口，以內力震出腿中殘箭。他一邊包紮，一邊說道：「三奇宮的老兄，你這條右腿已經燒爛，保不住了。若能在一日之內截肢救治，命倒是救得了。」

黑衣人哭喪著臉道：「恩公，小人也略懂醫術。這腿燒成這樣，筋脈俱傷，就算截了腿，只怕也沒幾日可活。」

趙言嵐走出火場，嘆氣搖頭，顯是莊內再無活口。莊森比向趙言嵐道：「這位是青囊山莊趙大俠。青囊山莊的醫術舉世無雙，截肢救命並不困難。」

黑衣人喜道：「多謝恩公！多謝恩公！」

灰衣人一聽他們是青囊山莊的人，登時嚇得面如死灰，顫聲說道：「大……大俠，你俠義心腸，急……急公好義，可得救救小人呀！」

莊森點頭：「這一箭傷筋破骨，難以盡復，日後拄根拐杖，行走倒也無礙。不過三奇宮的箭上有毒，一日之內不得救治，便會七孔流血而亡。要治此毒，也得著落在青囊山莊上。」

灰衣人冷汗直流，目光求懇看著趙言嵐。

趙言嵐雙手抱胸，神色冷酷。「你們請我娘崔女俠來野馬莊救人，完事之後又想謀害於她。你倒說說，這是什麼道理？」

灰衣人連忙說道：「那都是莊主的意思，不關小人的事呀！」

黑衣人冷笑：「一句不關你的事就想推掉了？野馬莊上上下下沒個好東西！當初來搶了緣居士的，你就在裡面，我可沒認錯吧？」

莊森往孫紅塵一比道：「這位孫姑娘，就是了緣居士之女。我們此行就是爲了三奇宮強擄了緣居士而來。」

黑衣人大驚，忙道：「啊！那是……那是我們師父的意思，不關小人的事呀！」

孫紅塵怒道：「我爹究竟何在？你們擄他去到底是爲了什麼？」

黑衣人和灰衣人面面相覷，誰也不敢答話。過了好一會兒，黑衣人才訕訕說道：「那什麼……孫姑娘，今晚野馬莊大混戰，我跟這位老兄都給困在火場。小人想……那范浪、范濤兩兄弟老奸巨猾，多半早就帶著了緣居士跑了。我師父西門眞人一上來就死盯著他們，鐵定也追了出去。那了緣居士此刻何在，我們眞的不知道呀！」

趙言嵐喝道：「想活命的就老老實實把事情交代清楚。你們究竟找了緣居士做什麼？搶來搶去又是怎麼回事？」

黑衣人戰戰兢兢：「是、是……我師父西門眞人心繫天下蒼生，發願建設桃花源，讓百姓避戰禍，度太平……」

灰衣人呸一聲啐道：「說得那麼好聽，不就爲了錢嗎？」

黑衣人回罵：「你懂個屁！沒錢怎麼建設？」

莊森唰地抽出桃源帖，金字在火光前閃爍紅光。他說道：「亂世避戰禍，潛居桃花源。抱負遠大，不切實際，一看就知道是騙錢的。」

黑衣人忙道：「大俠千萬不要這麼說。我師父道法高深，善心過人！他說要建桃花源，那是一定會建的！」

莊森道：「可動工沒？」

黑衣人神色尷尬：「這……」

莊森問：「選好地沒？」

黑衣人道：「那什麼……還在……」

莊森又問：「錢總收了吧？」

黑衣人支吾：「錢……是收了幾萬兩了……」

莊森嘖嘖兩聲：「幾萬兩黃金，三奇宮可發財啦。西門眞人遲遲不肯動工，可有說過難處何在？」

灰衣人哼了一聲，說道：「這還有什麼難處何在，不過就是做不出來。要靠迷魂八陣藏住這麼大塊地方，可想而知是漏洞百出。」

莊森皺眉：「我道三奇宮定是挑選地形，仰賴天險，不足之處才輔以迷魂八陣。怎麼？不是這樣嗎？」

黑衣人道：「大俠明鑑，天險是要賴的，但也不能賴太多，不然，出得起錢的大老爺怎麼肯去住呢？我師父說，這桃花源要做便是兩種做法，一是用迷魂八陣覆蓋全鎮，讓外人看都看不到它。這得要天時地利人和方有可能做到，目前我們還沒找到這麼好的地方。」

孫紅塵問：「第二種做法呢？」

灰衣人冷笑。黑衣人目光低垂，說道：「是……劫血八陣。師父說讓所有想進桃花源的人死無葬身之地，那就沒人敢硬闖了。」

一時之間沒人說話，只聽見火場中火焰啪啦直響。莊森、趙言嵐看向孫紅塵，見她秀眉緊蹙，神情苦惱。她嘆氣問道：「你們找我爹幹嘛？」

黑衣人道：「求八陣圖。」

孫紅塵閉上雙眼，搓揉太陽穴，又說：「你們要害人，我爹絕不會幫你們的。」

黑衣人連忙說：「姑娘明鑑，我們是要救人，不是爲了害人呀！」

孫紅塵揮手要他閉嘴，轉向灰衣人問：「野馬莊又是怎麼扯進來的？」

灰衣人說：「西門木乙道行不夠，便來求教我們莊主。莊主學究天人，博大精深，又豈是這些裝神弄鬼的半吊子門派可比。」

莊森哼道：「太原玄黃洞的學問確實博大精深。可惜范莊主沒有名師指點，學會的只怕不到一成吧？」

灰衣人臉色大變，顫聲問：「你……你怎知道……」

莊森不答，又問：「你們莊主搶了緣居士也是爲了八陣圖嗎？他也想做桃花源的生意？不然要八陣圖幹什麼？」

灰衣人搖頭：「小人不知。小人眞的不知。」

莊森起身往旁邊走，趙孫二人跟了過去。莊森低聲道：「野馬莊果然是玄黃洞的傳人，也就是說他們的奇門術數與玄日宗同出一脈。這位范莊主倘若道行高深，說不定眞有辦法單靠迷魂八陣藏住桃花源。」

孫紅塵訝異：「貴宗的玄門學問這麼厲害？」

莊森點頭：「我二師伯曾於成都城外樹林擺過渾天六合陣。那陣法奇幻無比，我師父身在陣中，躍上樹頂，觸目所及竟是一望無際的樹林，看不見遠山，瞧不見城鎮。若以此陣布置桃花源，說不定眞能成事。可惜二師伯逝世，本宗再也無人精通此道。」渾天六合陣乃是《左道書》中的學問，李命縱然有教奇門術數，也不會傳授此陣。他繼續說：「世外桃源，與世無爭。范莊主若有心要做桃花源的生意，自然會以迷魂八陣爲主。他奪八陣圖，多半另有所圖。」

趙言嵐說：「當務之急，還是先找回了緣居士。」

三人走回原處。莊森問：「我們要救了緣居士。兩位怎麼說？」

黑衣人苦著臉：「大俠，我們連了緣居士此刻人在三奇宮還是野馬莊手上都不知道呀。」

莊森看著他：「若在三奇宮手上？」

黑衣人遲疑片刻，低頭道：「本門如今落腳無道仙寨。我師父若奪了了緣居士，多半會回欲峰山避風頭。不然，他也可能去梁泉山大隱谷，尋找適合建造桃花源的地方。」

莊森問：「怎麼淪落到無道仙寨去了？」

黑衣人嘆氣：「得罪了朱全忠，怎麼不淪落到無道仙寨？」

莊森點頭，轉向灰衣人：「若是野馬莊得了居士？」

灰衣人見黑衣人老實招供，也不敢隱瞞。他說：「莊主在長安城北，渭水河畔有座莊園，喚作『飛黃居』。去年長安城破，他老人家擔心飛黃居遭官民破壞，親自趕去經營疏通。野馬莊燒燬，他多半會搬去飛黃居住。」

趙言嵐說：「這下可得兵分兩路了。照我看，了緣居士還是在野馬莊手中機會大點。師兄，不如你同孫姑娘往長安趕去，且看能否追上野馬莊。我先把這兩個傢伙送回去給我娘醫治，然後去追三奇宮的人。倘若都沒下文，中秋前在無道仙寨會合。」

孫紅塵搖頭：「趙二哥，你不懂奇門術法，恐怕吃虧。我還是跟著你妥當。莊大哥懂得門道，這些日子跟著我也學了不少，他一個人行的。」

莊森也點頭：「我腳傷嚴重，不好疾行趕路。你們快馬加鞭，說不定還沒到長安就能追上他們。我帶這兩個傢伙回蒲州找四師伯吧。長安分舵去年轉進金州，山南道已是玄日宗勢力範圍。我要查三奇宮，可比你們方便多了。事不宜遲，這就出發。」

第九章　過金州

趙言嵐與孫紅塵問明方向，騎馬追趕而去。莊森等人腳下有傷，行走不便，又難以三人共乘一馬，於是莊森吩咐傷勢較輕又識途的野馬莊灰衣家丁騎到鄰近的村子找人救火，忙了整整一夜才撲滅火勢。天亮後，莊森向村民借了輛牛車，載運黑灰二人返回蒲州，來到崔望雪下榻的客棧，回報事情始末。崔望雪此次遠行尚有兩名女弟子同行。她吩咐弟子照料黑衣人和灰衣人，自己則親自治療莊森傷勢。

整治妥當後，她吩咐莊森：「森兒，傷口深，癒合不易。你要趕去金州，該當僱車，不可騎馬。本來師伯該與你同去，也好互相照料。但那三奇宮要截肢的仁兄不可舟車勞頓，我只好先在蒲州停留了。」

莊森謝過師伯，又說：「師伯不必擔心。金州是玄日宗的勢力範圍，有上官師妹照料，弟子不會有事的。況且，傷口再深也是外傷，等弟子到了金州，多半已經好了。」

崔望雪點頭：「我聽說明月繼劉大光後執掌長安分舵，不知這擔子對她是否太重了些。」

莊森道：「上官師妹有處世應變之能，武藝出類拔萃。去年長安焚城，多虧有她，救出了不少百姓。從前她綽號叫『玉面旋風』，如今金州城的百姓都說她是『上官菩薩』。此刻二代弟子裡就屬她的名聲最響，跟師伯當年不遑多讓。」

崔望雪搖頭：「師伯在她這個年紀時，早已嫁夫生子，退居總壇了。哪有像她那麼露臉？唉，當初師伯小家子氣，執意把她調離總壇，現在想想，眞不知道在幹什麼。」

莊森訝異：「是師伯把她調離總壇的？」

崔望雪遙想當年：「明月父母死於賊人之手，是大師兄獨闖賊窩，救她回來的。她十四歲初到總壇，對大師兄深感依戀，我本來也不放在心上。但過得幾年，她武藝有成，相貌也越來越美，對大師兄的孺慕之情卻始終不曾改變，師伯心裡就不太高興了。我倒不擔心大師兄，只是怕這孩子迷戀師長，耽誤前程。調她離開總壇，是希望她能夠專心歷練，闖蕩江湖。不要年紀輕輕就爲了一份得不到的情感鬱鬱寡歡，阻礙日後發展。至少當初我是這麼想的。冠冕堂皇，理由一堆。眞說起來，師伯嫉妒她年輕貌美，只怕也是有的。」

莊森道：「上官師妹過得很好。師伯快別這麼想了。」

崔望雪哼了一聲，似是自嘲：「她是好孩子，總算沒讓我們這些大人誤了一生。森兒，你忙了一日一夜，趁早休息吧。師伯要去隔壁砍人腿了。」

莊森疲累，便回自己客棧休息。次日清晨，告別崔望雪，僱了馬車往金州出發。左右無事，胡思亂想：「我不解風情，定是惹惱了孫姑娘。不然，一說要兵分兩路，她怎麼會立刻就要跟趙師弟同去？唉，莊森呀，拒絕人家時那麼瀟灑，這下人家眞的跑了，你又開始捨不得了？我老說要等盈兒，但兩年過去了，盈兒始終待在吐蕃……我是該等到什麼時候呢？盈兒在吐蕃……不會另結新歡嗎？」

他一直以來都在擔心此事，只因據月虧所言，月盈遇上他前，十分風流多情。倘若莊森眼巴巴地等她，她卻早把莊森拋到腦後呢？孫紅塵言下之意，似乎並不在乎莊森尚有意中人，可以「等你再遇上她再說」。但若到時候月盈對她起了妒意，那可不是鬧著玩的。這兩年，莊森武功大進，不會再被月盈打得落花流水。但感情這件事，可不是看誰武功高強作定論。

「唉，算了，孫姑娘走都走了，中秋前多半不會碰面。還是先去金州找上官師妹吧。」這麼一想，上官明月的倩影又浮上心頭。他敲自己頭：「哇！淫賊呀！趙師弟叫你淫賊還眞不是白叫。什麼叫先去找師妹呀？你去金州是爲了找師妹嗎？我的娘呀！世上誘惑何其多，再見不到盈兒，我還忍得下去嗎？」

一路無話，數日後來到金州城，莊森腳傷已無大礙。城門盤查森嚴，不知出了何事。莊森等候半天，馬車終於來到城門口。城門衛士先是盤問車夫，又撩開車簾，拿通緝犯的畫像比對莊森。

莊森問：「官大哥，盤查如此嚴謹，可是城裡出事了？」

衛士說：「是呀。昨兒個夜裡，刺史大人府上出了命案。楚大人震怒，吩咐封城查辦，許進不許出。」

莊森吃了一驚：「這麼嚴重？楚大人可受傷了？」

衛士搖頭：「楚大人沒事。刺史府的金師爺卻給人殺了。」

金州刺史楚正邦與莊森有過數面之緣，在玄日宗於金州開設分舵和安置長安逃難百姓的事情上都出了不少力。聽說他沒事，莊森鬆了口氣。他說：「金師爺和善可親，想不到也會與人結怨。」

衛士說：「唉，誰知道呢。楚大人已令我們金州神捕鄭捕頭調查此案，相信很快就能水落石出。」他收起通緝畫像，又問：「公子認識金師爺？」

莊森點頭：「去衙門辦事時見過幾次。」

衛士點頭：「是了，我就覺得公子有點眼熟。」他壓低音量，探頭到車裡說：「金師爺人是很好，但聽說底子不太乾淨。楚大人收留他住在府裡，好像也是為了躲避仇家。」

莊森揚眉：「有這種事？他又是什麼底子了？」

衛士說：「他從前加入過一個算命的門派，叫什麼三奇宮。」

莊森瞪大雙眼：「三奇宮？」他眼珠轉動，又問：「你說鄭捕頭在辦此案，他眼下是在刺史大人府上嗎？」

衛士點頭：「應該在。除非他查到線索，去別處尋凶。我跟你說，我們鄭捕頭是中原第一神捕。再離奇的案子到他手中都能迎刃而解……」

莊森入城後，付帳告別車夫，便即往刺史府趕去。他本想入城後直奔玄日宗分舵，找上官明月打探消息。如今既然得知城內有三奇宮的人遭到殺害，自然不會置之不理。不多時來到刺史府，莊森報上名號，說是玄日宗莊森求見楚大人。刺史府下人識得莊森，立刻通報。不一會兒，楚正邦協同鄭瑤一同出門迎接莊森。

楚正邦神情熱切：「莊大俠！你來得可眞是時候呀！」

鄭瑤目光喜悅：「大師伯……莊大哥，看到你眞是太好了。」

莊森與二人寒暄兩句，隨即問起命案之事。楚正邦說：「金師爺本是三奇宮第二把交椅，掌門西門木乙的師兄。兩人曾爲了接位掌門之事鬧出嫌隙。後來金師爺看不下三奇宮投身宣武軍，當梁王府食客，於是破門出教。他擔心同門騷擾，就跑到我這裡隱居。此事金師爺不願多提，我本也只知道大概。他在刺史衙門助我良多，但從不顯露在三奇宮學的本事，我也就不放在心上。兩個月前，三奇宮找上門來，金師爺跟他們見了一面。我問過師爺，他說沒事，僅是同門敘舊。想不到今日卻斃命於此。」

莊森皺眉：「大人以爲是三奇宮的人下的手？」

楚正邦搖頭：「不知。據金師爺說，他跟三奇宮雖然不歡而散，可也沒翻臉到性命相殘。只是三奇宮才來找他，他就這麼死了，要說毫無關聯嘛……」

鄭瑤問：「莊大哥知道三奇宮？」

莊森說：「我最近正好糾纏上他們。他們抓了我一個朋友的父親，我在幫忙追人回來。」

鄭瑤點頭：「據大哥所知，三奇宮武功如何？」

莊森道：「不怎麼樣。三奇宮強在奇門術數，倘若擺下陣勢，倒也不可不防。要是正面交鋒……我並沒有遇過三奇宮高手，但多半不足爲懼。」

鄭瑤說：「那就怪了。大哥請跟我來。」

莊森跟著鄭瑤及楚正邦往金師爺臥房走去。那臥房位於刺史府內堂僻靜角落，入夜後縱有打鬥聲響也難以聽聞。鄭瑤支開房內捕快，請莊森入內。房內桌翻椅倒，金師爺躺在地上，雙眼圓睁，面目死灰，一看便知道死了。他衣服上有幾處破洞，但沒看到血跡。莊森皺眉問：「他是讓高手掌力震死的嗎？」

鄭瑤蹲下身去，拉開金師爺衣襟，露出左胸上的三個紅點。他說：「從衣衫破口來看，應該是劍傷。他胸口三處中劍，點在神封、乳根、天溪三穴上。中劍處得血一滴，卻截斷他心口經脈。這門功夫，大哥可曾見過？」

莊森眉頭深鎖，暗嘆一聲，說道：「我見過。這門劍法詭異異常，使劍者是絕頂高手，你若遇上，千萬不可動手。」兩年前在太原玄黃洞內，莊森曾見玄黃天尊使過一門晨星劍法。那套劍法靈動繁雜，常人看都看不清楚，更別說要招架應變。他回總壇後，曾向梁棧生要來《左道書》武學篇，刻意鑽研這套劍法，知道其運勁法門奇特，使劍者功力越深，中劍處流血越少。金師爺傷口得血一滴，顯見使劍者的功力深厚，轉勁訣起碼練到七層火候。

他心想：「幸虧我去年遇上李存孝，得知世間尚有一批《玄黃七經》的傳人，會使《左道書》中的功夫，這才去求五師伯讓我看《左道書》。知己知彼，百戰百勝，且看這使晨星劍的高手，在我面前能走上幾招。」

鄭瑤見他沉思，問道：「莊大哥，金師爺怎麼會惹上這等高手？會使這門劍法的，應該不是三奇宮的人？」

莊森搖頭：「三奇宮最近惹上了厲害對頭。金師爺八成只是倒楣牽扯此事。」

鄭瑤問：「到底什麼事？連退隱多年的金師爺也遭牽連？對方是打算勦滅三奇宮

嗎？」

莊森道：「此事有趣，我說給你聽。」當下便將桃源帖之事說了出來。楚正邦聽得悠然神往，捻鬚道：「若有桃花源可避戰禍，可眞是太好啦！這三奇宮怎麼沒來找我發帖？」

莊森問他：「楚大人有黃金千兩嗎？」

楚正邦苦笑：「莊大俠說笑了。本官那點俸祿，哪出得起這個錢。」

鄭瑤說：「楚大人早就爲了百姓散盡家產，此事金州城裡無人不知。桃花源不收楚大人這般好人，只收在亂世之中還能發財的傢伙。這等做法，我姓鄭的可不能苟同。不過這桃花源之事，我似乎在哪裡聽過……」

莊森揚眉：「鄭兄弟認識收過桃源帖的財主？」

鄭瑤搖頭：「是了！是在無道仙寨裡聽人提起過。」

莊森訝異：「你去過無道仙寨？聽說那裡很亂呀。」

鄭瑤道：「去年爲了查案，去過一回。要不是找了上官舵主同去，兄弟多半是回不來了。」

莊森更訝異：「咦？明月去年有去無道仙寨？她怎麼沒跟我提起過？」

鄭瑤又搖頭：「兄弟不知。我們當時下榻的正是莊大哥提到的龍蛇樓。這座酒樓看似無害，其實是仙寨裡做買賣的一大據點，擂台、賭場、妓院樣樣都來，還有地道通往無道仙寨主事之人的巢穴。我跟上官舵主辦完了事，又在仙寨逗留幾天，一來打探消息，二來見見世面。猶記某天晚上聽人在龍蛇樓提起桃花源，大家都說有人能想出這等騙錢招數實在佩服。不過三奇宮是小門派，張羅這等大騙局需要金源支持，記得他們有行文仙寨寨主討錢合作。」

莊森揚眉：「我聽說無道仙寨各方勢力盤據，沒有統一的寨主？」

難得有鄭瑤知道、莊森不知之事，鄭瑤當場說得口沫橫飛：「既然各方勢力盤據，自然有人想要稱王。我說的寨主大有來頭，乃是黃巢從子，浪蕩軍大將軍黃皓是也。是否眞爲地下寨主，我也不好說，但他是無道仙寨中一股龐大勢力卻無庸置疑。」

莊森問：「你說行文寨主討錢？」

鄭瑤點頭：「黃皓有錢，喜歡新鮮。仙寨中若有人想出賺錢的點子，卻又缺錢執行，便會去找黃皓商量。」

莊森點頭：「這麼說三奇宮背後還有無道仙寨撐腰？我就想三奇宮並非什麼大門派，就算弄到錢，哪有人力當眞建造桃花源？但若有無道仙寨撐腰，那野馬莊的人可討不到好去。」他心下盤算：「不知那七經傳人是同氣連枝，一人有事，四方來援；還是說野馬莊范氏兄弟天賦異稟，修習奇門術數之餘，尚能兼修武學？倘若使晨星劍的高手是野馬莊的人，那就不難對付。假使是七經傳人聯手染指桃花源的生意，無道仙寨不會讓他們給挑了吧？」他眉頭越鎖越深，突然想起一人，問鄭瑤道：「鄭兄弟，我想去找燕珍珍。」

那燕珍珍乃是莊森與鄭瑤初會時聯手抓到的小魔頭。其武功源自《玄黃七經》中的大道神功，能夠吸人內力，採陽補陰，二十五歲依然維持十歲孩童的外貌。燕珍珍落網後，一直關在金州刺史衙門內。楚正邦見她年紀幼小，楚楚可憐，始終不忍問斬示眾，便這麼一直耗著。

鄭瑤神色大變：「莊大哥要找燕姑娘？」

莊森點頭：「是。殺金師爺的凶手與燕姑娘有淵源，他們的武功師承一脈。只是燕姑娘年紀幼小，未必識得。」

鄭瑤面有難色：「這……」

楚正邦上前一步：「莊大俠，鄭捕頭怕你責備，還是我說吧。那燕珍珍呀，讓人劫走啦。」

莊森大驚：「什麼？劫走了？讓那小妖怪跑出去，死的人可多了！」轉向鄭瑤，神色責備：「這麼大事，你怎麼不早跟我說？」

鄭瑤情急，師門稱謂也叫出來了：「大師伯，我……其實那燕姑娘武功都讓你廢了，就算出去，也不足爲懼……」

莊森不滿：「她可是我們兩個一起抓到的。她有多大本事，有多少惡行，你難道不知？倘若她的大道神功有絲毫清除不盡，再讓她找個孩童吸了，可怎麼辦？你呀你……罷了，衙門的人去抓她，風險太高。這事你可有告知上官舵主？」

鄭瑤唯唯諾諾：「上官姊……她知道。」

莊森問：「她可有派人去找燕珍珍？」

鄭瑤說：「這我就不知了。燕姑娘……犯人逃獄月餘，金州城內並無……孩童失蹤之事。相信她不會……沒有……」

莊森揉揉腦袋，對楚正邦道：「楚大人，莊某有事，先回本宗分舵。犯人逃獄之事，我會繼續跟進。此女武功高強，刺史衙門不可追查，交給玄日宗便是。」

楚正邦說：「莊大俠，那燕珍珍一個弱不禁風的孩童，其實不必……」

莊森搖頭：「楚大人莫讓外表騙了。在下告辭。」

鄭瑤忙道：「莊大哥，我跟你回分舵！」見莊森回頭看他，他又說：「金師爺命案發生在楚大人府上，乃是衙門頭等大事。讓我跟著你辦吧。」

莊森怕他自己辦案，當眞遇上凶手可不是對手，便即點頭：「好，你來。」說完拜別楚正邦，離開刺史府。

玄日宗金州分舵不遠，步行約莫一刻路程。莊森心事重重，悶頭走路。鄭瑤默默跟著，想找話說，又怕他責罵。他跟莊森是辦漢陰山孩童失蹤案時認識的，除了對這個大師伯佩服得五體投地外，並算不上多大交情。相形之下，上官明月是鄭瑤入門後就朝夕相對的師叔，親疏之別不言而喻。

辦誅匪盟案時，上官明月在無道仙寨結識了燕珍珍之父燕建聲，曾對鄭瑤透露要去金州衙門劫獄救燕珍珍之意。回金州後，上官明月不再提此事，但那燕珍珍終究是讓人劫走了。鄭瑤只道莊森貴人多忘事，不會再提起燕珍珍，哪裡想到殺害金師爺的凶手竟然武功與燕珍珍一路。他急著跟莊森趕往玄日宗，只為搶先提醒上官明月劫獄之事已然事發。只不過要如何不動聲色提醒她，一時之間也沒有主意。總之，見機行事。

莊森突然問他：「鄭瑤，你的轉勁訣練到第幾層了？」

莊森對待鄭瑤向來客氣，不是稱他鄭兄弟，便是喚他鄭捕頭，從未以對待晚輩的語氣直呼其名。鄭瑤聽莊森這樣叫，又是問起武功，知道是以師門長輩的身分問他。他不敢怠慢，當即恭敬說道：「師伯，弟子不才，初窺第四層門徑。」

莊森點頭：「第四層尚需靠己身功力引領敵勁，倘若敵人內力太強，風險就高。待你練到第五層，我便可以教你一套對付大道神功的法門。可惜本門就連二代弟子練到第五層的都不多了。你離開師門，單靠自修，想突破第五層可不容易。」

鄭瑤心裡感動，說道：「多謝大師伯關心弟子。弟子離開師門，不敢求師伯傳授武功，師伯不必多費心思。」

莊森笑道：「是上官師妹說不能傳你武功的嗎？」

鄭瑤遲疑：「是。」

莊森道：「師妹身為舵主，有些規矩是要守的。我莊森是無職散人，師門規矩就不太放在心上了。你查此案有性命之憂，我若有保命之法，豈有不教你的道理。不過第四層呀……讓我再想想。」

鄭瑤說：「師伯，我之前每隔一段時間就會去地牢探望燕姑娘。我想……燕姑娘深有悔意，不會再胡亂傷人了。」其實燕珍珍喜歡信口開河，胡說八道，總要弄得鄭瑤七上八下，她才開心。深有悔意云云，鄭瑤是瞎掰的。他猜想上官明月既然劫了燕珍珍，自然有對付她的辦法。只盼這一個月間，她已將人送回無道仙寨，那就不必擔心此事暴露。不過若要確保燕珍珍不會亂來，上官明月多半得親自把她送回她爹身邊。上官明月近日並無遠行，燕珍珍多半還在金州。

莊森轉頭看了鄭瑤一會兒，問他：「你倒有心，還去探望她。你不怕她是為求脫身，盡找你想聽的話說？」

鄭瑤說：「我不知道。但燕姑娘時常問起你。」

莊森訝異：「問我？」

鄭瑤點頭：「她問師伯怎麼不去看她。那模樣呀……就像是對你……」

莊森見他意有所指，皺眉道：「你別亂講，她一個小孩子……」

鄭瑤說：「燕姑娘不……不做她返老還童的法門許久，一年之間成長甚速，如今已是亭亭玉立的少女了。」

莊森愣到停步片刻，心裡尷尬，摸摸腦袋說：「你這麼一說……我突然之間又不是很想找她了。」

鄭瑤連忙道：「是了！照弟子看，只要燕姑娘不再害人，咱們也不必特意去找她了吧？」

莊森眉頭越鎖越緊，斜眼問他：「她不是你放走的吧？」

鄭瑤大急：「不是、不是！弟子就算有天大的膽子，也不敢亂放師伯抓回來的人呀！」心裡卻想：「但上官師叔有沒有天大的膽子敢跟大師伯作對，我就不知道了。啊，上官師叔美若天仙，就算被揭穿了，難道大師伯捨得責罰她嗎？哎呀！鄭瑤啊，瞧你表面上尊師重道，心裡竟然這樣說師長閒話，眞是，嘿嘿……」

不一會兒到了金州分舵，門口弟子一看是大師伯回來，連忙入內稟報。到得正廳，副舵主展淵明已在廳前恭候。莊森問起上官明月，展淵明回報：「大師兄，師姊今日遠行，一早前往城北漢水碼頭。大師兄此刻趕去，當可於開船前抵達。」

莊森問：「她去哪裡？」

展淵明說：「師姊僱了大江幫的船，說要上梁州辦事。辦什麼事，她卻沒說。」

莊森尋思：「三奇宮的黑衣人提到梁泉山大隱谷，看來那裡多半就是歐陽大仙口中的雲緲中天了。上官師妹要去梁州，正好順路。我且瞧瞧船上還有沒有鋪位可以同去。」吩咐道：「牽兩匹馬來，我跟鄭捕頭去找她。」

兩人快馬加鞭，往河港趕去。鄭瑤暗自心驚，想道：「我的娘啊！上官姊僱大江幫的船去梁州，那不是咱們上回去無道仙寨的老路子嗎？上官姊此行，定是要送燕姑娘去找她爹了。只盼他們早早開船，別在碼頭逗留。要讓莊大哥上了船，這事能不拆穿嗎？」

到了碼頭，大大小小船隻甚多。金州城多了長安難民，亟需民生物資，數個月來不論河運陸運都很熱鬧。鄭瑤藉口分頭找船，欲先去與上官明月通個消息，想不到還沒走出幾步便有大江幫眾認出鄭捕頭，主動帶他們上船。鄭瑤一看又是上次那艘運送私鹽的貨船，心裡當場涼了下來，知道上官明月定是要去無道仙寨沒錯了。

莊鄭二人上船後，伙計領二人走向艙房。鄭瑤故意大聲喧譁：「大師伯！殺害金師爺的凶手究竟什麼來歷？怎麼會跟燕姑娘扯上關係？」

莊森轉頭看他，奇怪他爲何大聲說話。他說：「大道神功出自《玄黃七經》，凶手的劍法也是七經裡的功夫。」

船艙最裡面的艙門開啓，上官明月探出頭來，一見莊森，立刻笑盈盈地關上房門，跳到莊森面前說：「大師兄！你怎麼來啦？我沒聽說你回金州了？」

莊森見到上官明月，心裡高興，倒不奇怪她比平日熱情的模樣，以爲她也高興看到自己。他說：「是呀，早上剛到。聽說師妹要去梁州，不知道是有什麼事嗎？」

上官明月不理會鄭瑤在莊森身後擠眉弄眼，笑著說：「這事說來話長，我回來再向師兄稟報。」

莊森搖頭：「我正好有事要去梁州。妳且等我上去問問，倘若船上尚有鋪位，咱們結伴同行，也好照應。」

上官明月瞪大雙眼：「啊？師兄，你要一起來呀？」

莊森揚眉：「不方便嗎？」

上官明月連忙點頭：「方便！能跟大師兄同行，小妹開心呀。」

莊森神色懷疑：「妳怎麼怪怪的？」

上官明月搖頭笑道：「不怪。開心。」

莊森遲疑：「喔？好，師兄也開心。」說著招呼伙計去找管事的商談。

上官明月攔住鄭瑤：「鄭瑤，你也要來？」

鄭瑤說：「刺史府金師爺昨晚遭人殺害。莊大哥說凶手跟他在查的案子有關，我就一起跟來了。」

上官明月說：「金師爺死了？怎麼回事，你跟我說說。」說著伸長脖子，對莊森道：「師兄，我留鄭瑤下來，你去忙。」

確認莊森隨伙計走開，鄭瑤連忙低聲道：「上官姊，大事不妙啦！莊大哥知道燕姑娘跑啦！」

上官明月深吸口氣：「燕姑娘在我房裡呀！怎麼辦？該跟大師兄明說嗎？」

鄭瑤說：「莊大哥聽說燕姑娘跑了，很不高興啊！」

上官明月倒抽口氣：「我早就說要先跟大師兄商量再劫獄嘛！都是你攔著我！」

鄭瑤大愣：「啊？我有攔著妳嗎？」

上官明月拍他肩膀：「反正都是你啦！」她像無頭蒼蠅般來回踱步，慌忙說道：「不管啦！你先上去纏著他，能拖多久拖多久。我找地方藏起燕姑娘。我告訴你，這事要讓他發現了，我就說你是內奸，裡應外合，劫獄都是你的主意！」

鄭瑤大驚：「啊？上官姊，妳不講義氣，一點師叔的樣子都沒有！」

上官明月說：「師什麼叔啊？在大師兄面前，師叔都不師叔啦！你給我看著辦！」

說完開門進艙，找地方藏燕珍珍去了。

第十章　船頭宴

大江幫是貨船，沒有多餘艙房可臨時載客。莊森和鄭瑤只好跟船夫湊合。安置妥當，大船啓航，沿漢水而上。上官明月一直待在艙房裡，不知在忙些什麼。莊森本欲找她出來說話，但想她美貌女子，少在船上拋頭露面也是道理。他與上官明月講定晚間船頭用膳，閒來無事，便指點鄭瑤武功。

一日無話，到得晚間，伙計於船頭擺桌上菜，恭請上官舵主出艙用膳。本來大江幫運貨伙食普通，但此行有玄日宗上官舵主同行，大江幫著意巴結，不但備有上好食材，還請來原長安大客棧大掌廚料理。上官明月來到船頭，一身白衣白裙，雖不做仕女打扮，卻也嬌艷脫俗，月下看來，比往常增添三分嫵媚，看得甲板上的男人盡皆痴了。鄭瑤不敢亂看師叔，連忙低頭起身，請上官姊坐。上官明月輕輕點頭，朝莊森行禮笑道：「大師兄。」

莊森瞧她片刻，恍然大悟，指著上官明月頭上說：「我道師妹如何不同，原來是戴花了。」

上官明月笑道：「明月有幸陪大師兄吃飯，自當打扮。」

大江幫管事的劉堂主陪笑道：「上官舵主和莊大俠英雄俠女，才子佳人。兩位大駕光臨本幫，眞是蓬蓽生輝呀！」

莊森細看之下，發現上官明月臉上施了淡淡脂粉，端得是嬌媚無限，可與月盈比美。他心想：「上官師妹向來豪爽，在我面前縱有扭捏，也總不失她一舵之主的身分。眞想不到她打扮起來，竟是如此好看。奇了，今晚既有鄭瑤作陪，又有大江幫的人一旁巴結，她若要對我示好，怎會選在這麼多人的時候？但她刻意打扮，若不爲我，又是爲誰呢？總不能是鄭瑤這小子？」他目光在上官明月和鄭瑤之間打轉，心中更加犯疑：「這兩個人自上船起便眉來眼去，顯然有所默契。莫非他們……不好！我怎麼老想這些風花雪月之事？女子愛美，天經地義，何必又定要爲誰打扮？她難得離開分舵，又是跟師兄一道，不須擺出舵主架子。花前月下，打扮打扮，自己愜意，又關我什麼事了？」

三人入座吃飯，劉堂主指揮伙計上菜打酒，好不忙碌。酒足飯飽後，莊森問起三奇宮，上官明月說道：「去年我與鄭瑤入無道仙寨辦案，倒是聽說過三奇宮投身仙寨之事。他們武功不行，但能看風水，布奇陣，仙寨中不少勢力都跟他們有生意往來。據說他們跟浪蕩軍走得很近。」

莊森點頭：「是，我聽鄭瑤說過。黃皓很可能在背後資助他們建設桃花源。」他又提了一遍桃源帖之事，問道：「三奇宮在仙寨以外的勢力如何？山南道中可有他們經常出沒之地？」

上官明月說：「三奇宮本來就不是大門派。幾年前為了加盟梁王府之事，不少弟子跟西門木乙鬧翻。我聽聞他們最近四下奔走，跟破門弟子接頭，找他們回去共謀大事。我有吩咐分舵弟子留意他們，但無須特別查探。畢竟三奇宮並非什麼有作為的江湖勢力。照師兄的說法，這並不是要謀大事，而是想要賺大錢了。」

莊森道：「此事可賺大錢，也可成大事。端看他們什麼心態。但我想他們可能到現在也沒抓準自己的心態。」

上官明月皺眉：「師兄說要上梁州辦事，倒是提醒了我。梁州分堂弟子回報過，三奇宮在附近山野物色地產，招募人工，似是要大興土木。」

莊森點頭：「看來就是那裡了──梁泉山大隱谷。他們要將桃花源建在那裡。」

上官明月問他：「師兄大老遠跑去找他們，可是想要分一杯羹？」

莊森笑著搖頭：「師妹說笑了，我是為了救了緣居士而去。」

上官明月說：「這位孫紅塵姑娘定是美人。要不，萍水相逢，怎麼能讓名滿天下的莊大俠千里奔走？」

莊森隨口說笑：「孫姑娘美，但卻不及師妹。」話一出口，立刻後悔：「莊森你這師兄怎麼當的？有外人在，怎麼好調戲師妹？咦？要是沒外人在呢？」

他尷尬笑了兩聲，正想再找話說，上官明月已經笑道：「大師兄取笑了。小妹倒想會會這位孫姑娘。先是你莊大俠，跟著又是趙師弟。她能說動玄日宗兩大高手心甘情願爲她奔走，可眞不是省油的燈啊。」

莊森突然想到件事，皺眉說道：「倘若晨星劍的高手盯上趙師弟，那可麻煩了。」

上官明月訝異：「師兄是當眞嗎？趙師弟武功比我強，這對頭不過殺了金師爺，眞有必要擔心嗎？」

莊森壓低音量：「妳可記得李存孝提過的七經傳人？」

上官明月眨眼：「晨星劍也是《玄黃七經》的功夫？」

莊森點頭：「是。假使此人與耶律德光功力相仿，那就不可等閒視之。若論眞實功夫，趙師弟多半不怕他們。但《玄黃七經》裡的武功詭譎多變，突然遇上容易措手不及。所謂知己知彼，百戰百勝。只可惜金州牢裡的燕珍珍越獄走脫，不然找她打探七經傳人的虛實，可就有把握多了。」

上官明月和鄭瑤神色一變，對看一眼。莊森揚眉問道：「師妹，妳有派門下弟子追捕燕珍珍嗎？」

上官明月語氣遲疑：「師兄，我們這幾個月忙著安頓百姓，沒有多餘的人手追捕逃犯。那燕珍珍若有惡行，我自然不會坐視。但她越獄後並未傷人，我就沒管那麼多了。」

莊森長嘆：「當初在她的燕子洞裡搜出了十餘具孩童屍骨。像燕珍珍這等魔頭，若能改過自新，自是好事。但她練的功夫太過邪異，我是怕她本性難移……」

鄭瑤說：「莊大哥，你斷了她的經脈，廢了她的武功。說不定她因禍得福，改過向善了？」

莊森皺眉：「武功是廢了，但她所修習的內功十分邪門，採陽補陰，永保青春。若說能夠修補震斷的經脈，只怕也不是難事。」他轉向上官明月，問道：「師妹，分舵消息靈通，山南道可有奇人異事，像是七經傳人的？」一看鄭瑤和上官明月又對視一眼，他終於有點不太高興了。他說：「你們兩個眉來眼去的究竟怎麼回事？有什麼話不好跟我說嗎？」

上官明月抿唇道：「師兄，無道仙寨有三大勢力。其一是二十年前最早入寨的土團白條軍；其二是黃巢從子黃皓的浪蕩軍；其三則是一群沒有依靠勢力的邪派高手，以血泉當舖為根據地。那血泉當舖很有意思，除了一般典當，南北雜貨外，還當陽壽。」

莊森問：「當陽壽？」

上官明月點頭：「十年陽壽可換一條人命。那是仙寨中走投無路、一無所有之人報仇雪恨的手段。」

莊森說：「十年陽壽換一條人命，這買賣倒划算得緊。卻不知那陽壽如何典當？」

上官明月低頭：「當舖掌櫃名叫燕建聲，身懷奇特內功，能夠採陰補陽。他的功力遠比燕珍珍精純，收放自如，吸人精元不致命。血泉當舖生意越大，他的功力就越深厚。」

莊森訝異：「燕建聲？他就是燕珍珍的父親。是了，七經傳人這等邪派高手，理應會在無道仙寨那等是非之地出沒。要查七經傳人，得去血泉當舖。」

上官明月問：「師兄，見到燕建聲，你要怎麼做？」

莊森理所當然地說：「自然如同對付他女兒一般收了他。」

上官明月搖頭：「無道仙寨本是官府不管的法外之地。入仙寨者，後果自負。本宗一貫態度，是要弟子沒事別入仙寨惹是非。血泉當舖的生意能做這麼久，自然有其需求。咱們不由分說收了他，可是對的？」

莊森側頭看她，懷疑問道：「你們上次去無道仙寨，見過燕建聲了？」

上官明月輕輕點頭，把去年爲查獵人案，隨鄭瑤入無道仙寨助拳之事說了一遍。她沒有提起趙遠志，因爲師父交代不可洩露他尚在人間的祕密，也沒告訴她說莊森知道此事。就連鄭瑤都不知道當日救他一命的就是自己師公，前任武林盟主，即便功力盡失依然天下無敵的趙遠志趙大俠。她也沒提燕建聲曾意圖吸她精元，增強功力之事。趙遠志既然饒了燕建聲，認他做師弟，上官明月便把他當成是自己人。既已打定主意要保燕建聲，她就不願在莊森面前說他壞話。只說燕建聲不是壞人，幫她一起鏟除誅匪盟。

莊森聽得眉頭深鎖，緩緩說道：「原來燕建聲跟師妹有交情？」

上官明月點頭：「是。師兄，按照玄黃天尊輩分來排，他算是我們師叔了。」

莊森臉色一沉，繼續問她：「那妳老實告訴師兄，燕珍珍是不是妳劫走的？」

上官明月和鄭瑤同時倒抽一口涼氣。兩人尚未答話，船艙旁突然傳來銀鈴般的笑聲。莊森立刻轉頭，只見有名十四、五歲年紀的綠衫少女獨坐船欄，笑吟吟地看著他們。莊森凝神細瞧，少女眉宇之間透露出熟悉的神態，依稀便是那殺人不眨眼的小魔頭燕珍珍，不過比起上次相見長大好幾歲，不再是弱不禁風的女童體態。

綠衫少女道：「莊大哥，我終於盼到你了。他們兩個好壞，不讓我見你呢。」

莊森赫然起身。上官明月與鄭瑤連忙擋在他面前。鄭瑤說：「莊大哥，不要激動。燕姑娘她……」莊森瞪他一眼，鄭瑤連忙閉嘴，不敢吭聲。莊森往前跨步，朝綠衫少女走去。

上官明月倒退行走，在莊森面前說：「師兄，不要動手。我可以保證，珍珍她……」一看莊森殺氣騰騰，毫不讓步，上官明月喊道：「珍珍快走！」說完雙掌翻飛，施展雲仙掌中一招彩雲翩翩，兩隻玉手轉眼化為八掌，在莊森面前眼花撩亂地亂拍。她知道莊森的武功爐火純青，內外功皆臻化境，就連上代師長也未必是他對手。事實上，上代玄日七俠中，李命、郭在天身亡，趙遠志和卓文君中毒後內力盡失，崔望雪與孫可翰傷重難復，現任掌門梁棧生又不以武功見長。要說莊森就是當今玄日宗第一高手，只怕一點也不為過。上官明月見過莊森出手，知道自己功力與他相去甚遠，絕不可能阻得了他。她只望能拖延莊森片刻，讓燕珍珍有機會逃跑，是以一出手就是雲仙掌中最虛實不定的絕招。

玄日宗掌法眾多，其中雲仙掌虛無縹緲，招式曼妙，適合女子施展，一般男弟子鮮少習練。上官明月知道莊森擅長朝陽掌和玄陽掌兩套陽剛掌法，盼他不熟雲仙掌，看不出這招精妙所在。可惜莊森曾在長安城外百柳莊中見過崔望雪淋漓盡致的雲仙掌，早已向卓文君討教過箇中奧妙。

就看他右掌一揮，上官明月翻飛的掌影消失殆盡，上身傾斜，雙掌都讓他帶到腰際。上官明月不信莊森強到能夠一招制伏自己，於是使出轉勁訣的滑纏勁，兩手掙脫莊森擺布，順著他的手臂交纏而上，要賴般地把他留在原地。莊森沉肩一抖，上官明月只覺得兩手緊握的手臂彷彿化為流水，莫名其妙就抓空了。莊森不知使了什麼手法，突然提起她的衣領，把她往鄭瑤身上甩去。趁鄭瑤和上官明月撞成一團，手忙腳亂之際，莊森來到燕珍珍面前。

燕珍珍凝望著他，神色嬌媚，好似看情郎。

莊森手臂抬起，上官明月在身後叫道：「大師兄！我近日都在教珍珍本門正宗武功，她沒練大道神功了！」

莊森微微遲疑，原本抓向燕珍珍咽喉的手掌轉向她肩頭推去。燕珍珍並不避讓，只是本能地沉肩化勁。莊森試探之下，知道燕珍珍用以化勁的轉勁訣並無吸納功力，只是運轉內勁護身。莊森心想：「大道神功吸取他派內功，可以延年益壽，但若吸取系出同門的玄日宗內功，則能增強功力。這魔頭知道我的內力多強，她若膽敢吸我，即便只是吸去一成功力，也能盡復從前的功夫。她不吸我，要嘛是怕了我了，不然就是當眞有心改過。我且再試她一試。」

莊森運起轉勁訣中的吸納勁，反過來吸取燕珍珍的內力。燕珍珍一年前敗在莊森手下，只道他武功高強，可沒想過他竟然也會大道神功。玄日宗轉勁訣練到第五層後，端看習練者悟性高低，各自領會出不同走向的內勁。莊森在突破第五層時曾服食拜月教增強內功的烈日丸，在將外來內勁收爲己用的法門下過工夫，是以他的轉勁訣與《玄黃七經》中吸人眞元的大道神功是一路的，只不過他從未幹過如此陰損之事。燕珍珍本來打定主意不跟莊森動手，反正一定打不過，但在察覺自己好不容易練回來的一點內力宛如江水洩洪般竄入對方掌心時，當場嚇得魂不附體，連忙側身走避。

莊森若眞有心吸她，只消在內勁中加上黏勁，憑燕珍珍的功力絕無可能走脫。但他旨在逼她出手，試探武功，見她翻身閃避，立刻跟上，嘴裡裝模作樣地叫道：「哪裡走？」當即施展朝陽神掌，一招一式地朝燕珍珍招呼而去。那朝陽神掌乃是玄日宗入門掌法，所有弟子都熟拆解之法。玄黃天尊爲了不讓外人認出他是玄日宗武功，授徒時專教《玄黃七經》中的功夫，是以七經傳人就算認得朝陽神掌，也不曾當眞練過，不熟拆解法門。莊森的朝陽神掌施展開來可了不得，沒人會以爲那是粗淺的入門功夫。燕珍珍擔心讓他抓到，功力會被吸乾，登時施展渾身解數，拚命閃躲。

上官明月著急道：「師兄啊！珍珍是同門師妹，你千萬不可傷她！」

莊森搶攻之際，故意露出幾個破綻，引誘燕珍珍以大道神功吸他內力。但燕珍珍始終閃躲，不敢鋌而走險。再試幾招後，他肯定燕珍珍有跟上官明月學功夫，也確實到臨危之際都不再施展大道神功，這才轉到燕珍珍身後，一把抓她後頸，把她整個人提了起來。他拎著燕珍珍走回桌前，放在無人坐的椅子上，回到自己之前的座位，朝上官明月和鄭瑤使個眼色，說：「都回來坐。」

上官明月和鄭瑤戰戰兢兢，回歸原位。大江幫劉堂主雙掌舉在胸前，本想鼓掌叫好，偏偏又讓莊森的神功震懾到目瞪口呆。眼看已錯過叫好的時機，只好放下雙手，指揮伙計添加碗筷。莊森端正坐好，神色責備，目光在三人臉上游移。上官明月和鄭瑤面有愧色，不敢與他目光相對。燕珍珍驚魂暫定，故態復萌，笑盈盈地看著莊森。她說：「莊大哥，我就知道你捨不得打我。」

莊森轉頭看她，長吁口氣，說道：「妳從此不再作惡，我就不打妳。要讓我知道妳亂殺人，我莊森絕不饒妳。」

燕珍珍笑道：「莊大哥，這一年來，珍珍每天都想著你呢。」

莊森先是一愣，繼而搖頭：「少瘋言瘋語。我沒想妳。」

燕珍珍掩嘴而笑：「瞧你剛剛一看到我，恨不得馬上撲過來的模樣，還說沒想我？」

莊森深吸口氣，緩緩吐出，說道：「妳小小年紀，別講這種瘋話。」

燕珍珍佯怒道：「什麼小小年紀？人家今年二十六了，比那位鄭捕頭還大呢。莊大哥，你把人家留在脩門，一年了也不來探望人家。我都沒機會向你傾吐心意呢。我爲了你，什麼年輕貌美、返老還童的都不在乎了。你看看我，跟之前是不是很不一樣呢？」說著推開椅子，讓莊森看她全身。

莊森揉揉額頭，耐著性子說：「妳不就是長大了些？」

燕珍珍胸口一挺，故作羞澀道：「珍珍有胸了呢。」

莊森臉色一紅，轉向上官明月：「你們到底救她出來幹嘛？」

上官明月說：「我是受她爹所託，讓他們父女團聚。」

莊森問：「師妹跟燕建聲很熟嗎？賣他這麼大人情？」

上官明月跟燕建聲沒多大交情。但想趙遠志既然收了燕建聲當師弟，兩人自然會有接觸。師父獨居無道仙寨，有人照應總是好的。燕建聲是邪道人物，這點無庸置疑，上官明月擔心他還想謀害師父，決定賣他一個大人情，帶燕珍珍回無道仙寨。她對待燕珍珍如同師妹，費心教導武功，一方面是為了助她改邪歸正，一方面也好先套交情，日後讓她在仙寨照顧師父。其實，上官明月好想拋下分舵，待在無道仙寨服侍師父。只不過自她從仙寨回歸後，就一直忙著協助難民撤城，直到如今大勢稍定，才終於有空處理此事。

上官明月說：「燕建聲既得知愛女身陷金州，自然要來救她。我若不幫忙，等他親自出手，說不定會多傷人命。」

燕珍珍搖頭：「我爹就算知道我被關在牢裡，也未必會來救我。十年過去了，他還不是對我不聞不問。」她轉向莊森又說：「莊大哥，你不過一年沒來看我，相比之下真的不算什麼。珍珍不會怪你的。」

莊森瞪她一眼，想了半天也不知道該如何回應這番瘋話，片刻後吐出一句：「燕姑娘，請自重。」

燕珍珍伸出手指往莊森嘴唇抵去，莊森連忙偏頭讓開。燕珍珍咯咯嬌笑，說道：「上官姊姊都認我是師妹了，大師兄爲何如此見外？快叫我一聲珍珍！」

莊森一翻白眼：「妳要當我師妹，就給我規規矩矩的。做師妹是這樣跟師兄說話的嗎？」他轉向上官明月：「妳呀，要收師妹也好好教她，別老跟師兄瘋言瘋語。」

上官明月見他語氣雖硬，態度卻軟了，知道今晚難關已過。她笑道：「師兄，珍珍性情豪爽，心直口快，可也未必是缺點呀。這瘋言瘋語啊，很多人想說還不敢說呢。」

莊森閉緊嘴巴，難以答話，心想：「這些師妹，一個個沒大沒小，定是我莊森平常太沒師兄架子。我看回總壇後，得把《左道書》命理術數篇借出來瞧瞧，算算我是否命中註定有什麼師妹劫，想個辦法化解這等劫難才好。」他邊嘆氣回頭，對燕珍珍說：「我要向妳打探七經傳人的事。」

燕珍珍皺眉：「七經傳人？師兄是說《玄黃七經》啊？七經學問，博大精深，任何一門技藝都能讓人鑽研一生。當年我只是十歲小孩，沒資格跟他們大人議事，都是我爹在談。他們說《七經》是玄黃天尊的聖寶，抄錄副本大不敬，於是相約一人拿走一部分習練，十年一會，交流心得。師兄不必擔心有多套《玄黃七經》流落世間，也無須掛念會有神人能融會七經中的學問。當年光是武學篇就讓人分成七份分藏，能夠通曉兩套神功的傳人連一個都沒有。憑師兄的武功，就算遇上了也無須擔心。」她轉向上官明月：

「師姊或許就……小心爲上。」

上官明月微笑：「多謝師妹關心。」

莊森問：「七經傳人都是什麼人？」

燕珍珍聳肩：「我年紀太小，記不清楚。師兄可有特定的人物想問？」

莊森說：「晨星劍法的傳人。」

燕珍珍啊了一聲，笑著說：「這我剛好記得。他們是一對兄弟，名字也好記，叫作『范浪』和『范濤』。他們一個人拿了晨星劍譜，另一人拿了……好像是命理術數有關的篇章……嗯……奇門八陣？是了！六合陣！范氏兄弟出身奇門遁甲的門派，叫什麼我從沒記得過。我爹說晨星劍和六合陣各自都有厲害之處，不過加在一起，威力倍增。叫我行走江湖，沒事別去招惹他們。」

莊森問：「別招惹他們？七經傳人不是同一夥的嗎？」

燕珍珍搖頭：「大家機緣巧合，一同求道，原先並無多大交情。師兄知道我們連胡人都有嗎？」

莊森想起耶律德光，點頭道：「我知道，他是契丹人，大有來頭。」

燕珍珍揚眉：「大有來頭嗎？他可沒跟我們說呢。我爹說他看我的眼神不正，叫我別跟他走太近。」

莊森跟上官明月互看一眼，回想馬球案時與耶律德光交手的情景。莊森問：「可那耶律德光不但會玄陰掌，還會晨星劍？」

燕珍珍聳肩：「那我就不知道了。或許他們另有默契，也可能十年之會，他們交換了篇章。我讓爹拋下許久，沒趕上他們十年之會。」

上官明月問：「妳爹在無道仙寨開設血泉當舖，可有與七經傳人聯繫？他那生意做起來，大家可以一起發財。」

燕珍珍說：「我不知道。血泉當舖開張沒多久，我就讓仙寨的人趕了出來。這十年間發生的事，珍珍一概不知。」

莊森站起身來，走向船頭，望向漆黑的河面，眉頭深鎖。片刻後，他說：「倘若妳爹跟范氏兄弟有聯繫，那就是三奇宮以浪蕩軍爲後盾，他們野馬莊也有血泉當舖撐腰……」他搖了搖頭，回頭又說：「無論如何，范氏兄弟要搶桃花源的生意，定會出席龍蛇樓桃源大會。既然入了無道仙寨，他們就沒道理不找血泉當舖。」他對上官明月說：「師妹，咱們跟血泉當舖的交情，總比野馬莊好點吧？」

上官明月朝燕珍珍側頭：「只要把珍珍送回去，一切應當好談。」

「好。」莊森點頭。「我們就把珍珍送回去。」

第十一章 大隱谷

一連數日，船上度過。莊森怕燕珍珍私下找他瘋言瘋語，是以開出課表，每日就在船頭開堂授課，教授兩名師妹和一名師侄武功，不給燕珍珍機會獨處。鄭瑤知道自己離開師門，武功若想再有長進，只有仰賴不守成規的大師伯提點，是以學得格外起勁。燕珍珍發現軟言軟語打動不了莊森，但若學武認眞卻能得他讚許，因此也學得十分勤快。上官明月武功足臻高手之林，盡得師門眞傳，莊森已沒什麼可以教她。但她當晚一招敗在莊森手下，心情沮喪至極，所以纏著莊森，硬要他指點武功。莊森想起馬球案時，上官明月曾請他教授醫術，於是取出崔望雪親手抄錄的《玄日醫經》，傳她入門醫理。

不出數日，來到梁州。大江幫鹽貨下船，改採陸運，安排車輛，玄日宗眾人便趁機前往分堂休憩，順便打探消息。玄日宗梁州分堂不大，僅有弟子一十六名，負責排解當地武林紛爭，幫助官府百姓，並不收徒傳武。莊森等人抵達時，分堂只剩三人留守，其他人都出門辦事。分堂弟子報：「稟舵主，三奇宮在城南梁泉山大興土木，跟當地村民起了爭執。錢堂主帶人前去排解。」

上官明月問：「什麼爭執？」

弟子說：「三奇宮出重金請梁泉村民遷村，村民不肯。據說已經衝突幾次，有無死人就不知道了。」

莊森問：「那梁泉村是在大隱谷中嗎？」

弟子答：「大隱谷山明水秀，但交通不便，谷中只有散居人家。梁泉村是位在谷口外，共二十七戶。本來這等強奪地產之事，是非分明，最容易排解不過。但三奇宮這回動工處位於荒郊野外，並不是什麼值錢的地方。據說他們出價甚高，三個梁泉村都買得下來。村民不肯搬，多半是坐地起價。」

莊森問：「官府不管嗎？」

弟子答：「不管，定是三奇宮疏通過了。也不知道他們哪來這麼多錢。」

莊森搖頭：「他們錢多，幕後勢力龐大。那些村民若不見好就收，肯定吃虧。梁泉山遠嗎？」

弟子道：「城南三十里外。師伯要去無道仙寨，途中會經過入山口。今日晚了，弟子收拾房間，請師伯暫住一宿，明早再走可好？」

莊森思索片刻，又再搖頭：「此事牽扯利益龐大，難保三奇宮不會動手傷人。我們盡早趕去爲妙。」

眾人會合大江幫眾，當即出城往梁泉山而去。黃昏時分來到梁泉山腳下，莊森見大江幫貨車十輛，料想山道難行，便請劉堂主率車隊南行，找地方投宿。劉堂主拒絕：「在下有幸得見莊大俠懲奸除惡、教訓宵小，那是一定要跟去瞧熱鬧的。」

一行人在山道上行走小半時辰，遠遠看見前方溪谷中有小村落，沿著一道約莫三丈高的山壁而建。隨行而來的梁州分堂弟子說：「師伯，那就是梁泉村了。翻過村後山壁便是大隱谷。」那山壁上架了繩索板車，方便運送重物入谷。弟子指著吊板車說：「弟子之前來時，並無繩索板車，定是三奇宮為了入谷施工架設的。」他手指移向村左瀑布，續道：「那瀑布後山壁凹陷，有小道可以行人，正常入大隱谷就是穿越瀑布。但那山道濕滑，不易行走，是以大隱谷風景雖好，遊人卻少。」

眾人下得溪谷，走木板橋過河，來到梁泉村。村口有間客店，喚作飛瀑閣，專做山林遊客生意，也是附近獵戶買賣趕集之所，整座梁泉村就是從飛瀑閣開始的聚落。店小二一看大江幫的車隊浩浩蕩蕩入村，當場跳到店門外來，指著莊森的鼻子破口大罵：「還來呀！咱們掌櫃的都讓你們抓走了，你們還待如何？」

莊森尚未答話，燕珍珍笑嘻嘻地迎上去說：「小二哥，怎麼沒頭沒腦地亂罵人呢，小心死後下拔舌……」

莊森一把拉她回來，上前道：「小二哥，我們才剛進村子，可沒惹你什麼呀。怎麼說掌櫃讓我們抓了？」

那店小二指著大江幫一排貨車，氣呼呼地說：「你們大車小車運到山裡，難道不是去施工的？還說你們不是三奇宮？」

上官明月上前抱拳：「在下上官明月，是玄日宗金州分舵主。我們聽說三奇宮強買地產，本宗梁州分堂弟子欲為村民出頭，於是趕來援手。小二哥，你說掌櫃被抓，究竟怎麼回事？」

那店小二見是個美貌姑娘，氣當場就消了三分，又聽說是大名鼎鼎的金州菩薩上官明月，登時和顏悅色，滿臉陪笑：「原來是上官舵主，眞是失敬失敬！上官舵主菩薩心腸，救人危難，天下人無不景仰！請上官舵主救救我們掌櫃！請舵主救救掌櫃！」說完撲通一聲，跪倒在地。

莊森一個箭步，扶起小二道：「小二哥快別多禮。三奇宮要買梁泉村，為何又抓走你們掌櫃？」

那小二拉開椅子，請眾人就座，招呼茶水，邊忙邊解釋。原來那飛瀑閣萬掌櫃本是江湖人物，五年前與數名好友退隱江湖，來到山野之間，定居做小買賣，求的是安居樂業，可不求富貴發財。三奇宮財力雄厚，出價甚高，不少村民願意搬家，只是多年來大家都以萬掌櫃馬首是瞻。萬掌櫃不願意搬，眾村民也就在這耗著。三奇宮認定萬掌櫃財迷心竅，坐地起價，幾次商談未果後，便於昨日晚間派人綁走了萬掌櫃。

小二說得口沫橫飛，自己喝了口熱茶，繼續又說：「玄日宗錢堂主今日來訪，聽說此事，已經率人趕入大隱谷救人。此刻天都快黑了，他們還沒回來，也不知道是怎麼回事。」

莊森請店小二張羅大江幫伙計住宿事宜，隨即與玄日宗眾人商議。他問上官明月：「師妹，梁州分堂實力如何？那錢一鏢武功行嗎？」

上官明月轉向鄭瑤，鄭瑤輕輕搖頭：「錢一鏢是我同年入門的師兄。從前師父總說他是勤能補拙的代表，此刻他的功夫多半不及我了。」

莊森皺眉：「三奇宮有無道仙寨撐腰，梁州分堂未必討得到好去。雖然天要黑了，咱們還是趕去大隱谷吧？」

燕珍珍鼓掌叫好：「好哇！我好久沒去山裡玩了。裝神弄鬼，珍珍最在行啦！」

莊森本欲唸她幾句，但想趁夜入谷，讓她去裝神弄鬼，嚇嚇三奇宮的人，似乎也能收獲奇效。如此，玄日宗眾人加上硬要跟去瞧熱鬧的劉堂主，便在店小二帶路下往大隱谷而去。來到村後山壁的繩索板車下時，天色已經黑了。店小二抬頭看著停在壁頂的吊板車，揚起燈籠，搖頭嘆道：「三奇宮入夜之後便把吊板車停在壁頂，不讓村民使用。天色已暗，走瀑布過去可危險得緊呀。」

燕珍珍拍拍山壁道：「小二哥想坐板車呀？不難，不難。」說完身形飄起，好似一朵綠雲般上了山壁。那山壁高三來丈，直上直下，常人攀爬不易，但在玄日宗眾人面前卻不算什麼。就連鄭瑤，只要看準落腳處，也能輕鬆上崖。那店小二見燕珍珍一個脫俗少女在月光下飄升而上，如鬼似魅，只嚇得頭皮發麻，冷汗直流。上崖的若是莊森或上官明月，在旁人眼中都像高手俠士、畫中仙人，偏偏燕珍珍就是詭異陰森，讓人聯想到鬼。

燕珍珍轉動輪盤，放下板車，在山壁上笑道：「大師兄快來幫我。板車載人，珍珍可轉不動啊。」

莊森無奈嘆息，身形拔起，宛如大鵬展翅般落在崖頂。他自燕珍珍手中接手轉盤，說道：「妳分明強壯如牛，不要故作柔弱。」

燕珍珍笑道：「我就知道大師兄憐香惜玉，一定會來幫我。」

上官明月踏上板車，抬頭說道：「大師兄憐香惜玉，拉我上去吧！」

不一會兒眾人上崖，來到大隱谷。大隱谷位於三山交會處，地勢寬敞，並非狹長谷地，谷中河道蜿蜒，樹林翠綠，果然山明水秀。

此刻繁星點點，山影漆黑，整座大隱谷並無半點燈火。莊森奇怪，問店小二：「你說三奇宮的人谷中施工，究竟來了多少人？怎麼入夜後會毫無燈火？他們都下山了嗎？」

店小二也奇怪：「他們的工寮建在河岸，照理說應該看得到才是。」

莊森見地上有車輪行跡，便即跟蹤而去。三奇宮為施工方便，清除河畔碎石，小徑清晰可見，跟著走倒不會走錯。如此行出百丈，莊森突然警覺，拉著店小二閃到河畔大樹之後，凝神細看林中陰影。眾人各自找掩護，上官明月縱身來到莊森身旁，低聲問：「師兄，什麼事？」

莊森說：「血腥味。」往樹林一比。「那邊樹後有人。」

上官明月捻起一片樹葉道：「我逼他現身。」

莊森搖頭：「聽呼吸聲是玄日宗的內功。」隨即揚起音量，喊出玄日宗切口：「『玄黃現天地』。」

林中人回答：「『日月照洪荒』。敢問是哪位師兄來援？」

莊森道：「總壇莊森。」

林中人大吃一驚，滾出樹林，來到月下明亮處，畢恭畢敬行禮道：「原來是大師伯駕到，弟子……咦？上官師叔也來了？」

上官明月識得此人，問道：「你在此放哨嗎？錢一鏢呢？」

那弟子道：「稟師叔，三奇宮強擄飛瀑閣萬掌櫃。我們入谷救人，卻在此地發現萬掌櫃屍首。堂主要我留下伴屍，他帶其他弟兄去找三奇宮理論了。」

店小二大驚之下，急忙衝往該弟子適才藏身大樹，隨即哭道：「掌櫃？掌櫃的！你死得好慘啊！」

鄭瑤大怒：「三奇宮強搶民地，胡亂殺人，眼中還有王法嗎？」

莊森要分堂弟子幫店小二先運掌櫃屍首回村子裡，其他人隨他去找三奇宮。他說：「三奇宮手段凶殘，咱們不必跟他們客氣。」

燕珍珍鼓掌：「大師兄是說可以殺人了？」

莊森搖頭：「不是。不可殺人！」

燕珍珍噘嘴：「那你又說不跟他們客氣。」

一炷香後，眾人來到三奇宮營地，燕珍珍失望說道：「輪不到我殺了。都讓人給殺光啦。」

三奇宮入谷施工一月有餘，營地工寮已具規模。就看那河畔空地上有兩間大屋，數座棚帳，推車工具無數，旁邊還堆積了許多木材石塊。月光下不見人煙、不見燈火，只有滿地屍首，血氣沖天。光在戶外起碼就躺了二十幾人，屋中不知還有多少。眾人久歷江湖，見多識廣，去年又曾經歷長安焚城，見過的屍首都不算少。但在月光下面臨如此血腥屠殺的慘狀，依舊讓人膽顫心驚。莊森印象所及，只有當年巫州棧生門滅門血案可以比擬。他以衣袖掩住口鼻，皺眉問道：「這不會是梁州分堂幹的吧？」

鄭瑤語氣遲疑：「錢師兄爲人穩重，不太可能……這……」

莊森聽見一下深深吸氣聲，轉頭一看，卻是燕珍珍仰頭面對月光，神色滿足，一副十分享受血腥氣味的模樣。莊森不悅，說道：「珍珍，妳那什麼樣子？」

燕珍珍滿臉無辜：「師兄不讓我殺人，我聞聞血味兒都不行嗎？」

莊森怒道：「妳……」

上官明月突然拉他，說道：「大師兄，有動靜。」

莊森聽聲辨位，一躍三丈，轉眼來到大屋後的樹林間。他一踏入樹林，立刻感到不適，心知有人在此布下迷魂陣。跟著身旁傳來輕呼，只聞上官明月說道：「我頭昏眼花，瞧不眞切。」莊森想起當初孫紅塵教他的運勁法門，指導上官明月照做，迷魂陣的效果立刻打了折扣。

莊森凝神細看，在樹林中左彎右拐，邊走邊道：「有人在樹林裡擺下迷魂陣，但是關鍵處都讓人破了。這陣法迷得了常人，卻迷不了行家。」

上官明月跟著他走，滿心佩服：「師兄連奇門八陣都懂，還有什麼是你不會的嗎？」

莊森搖頭：「我不會的可多了。」

上官明月脫口道：「師兄眞是神通廣大。明月若非心有所屬，想不爲你傾心都難。」

莊森愣了一愣，微感失望：「師妹心有所屬了嗎？」

上官明月緊閉紅唇，彷彿說溜了嘴。她臉色微紅，搖頭道：「沒有，我亂說的。」

黑暗中破風聲起，飛出一柄飛鏢，莊森順手抄下。他不慌不忙，推開長草，走向飛鏢來襲處，只見一人躺在地上。那人六十來歲年紀，童顏鶴髮，大袖飄飄，若不是胸口血跡斑斑，倒也頗有仙氣。莊森把飛鏢抛在他身旁，蹲下身去，出手如風，點穴止血。他捻其左腕，探其脈搏，說道：「閣下內力深厚，陣法奇妙，這才保住性命，撐到此刻。可惜你心脈盡碎，已然回天乏術。」他從懷裡取出藥囊，倒出一枚丹藥，又說：「此乃玄日續命丹，可再續你半個時辰性命。你吃不吃？」

老人目光無神，彷彿對他視而不見，片刻後才緩緩搖頭道：「老夫活得夠了，不差這半個時辰。」

莊森收起丹藥，問他：「閣下就是西門木乙？」

老人點頭。

莊森又問：「誰幹的？」

老人說：「野馬莊范濤。」

莊森問：「就爲了搶你桃花源的生意？」

老人吸口氣：「那是一門大生意。」

莊森見他氣息微弱，怕他突然死了，於是伸手貼心，以內力幫他續命，問他：「了緣居士何在？」

老人搖頭：「野馬莊搶去了。」

莊森本想縮手，但見老人垂死模樣，心中總有不忍。他問：「你這桃花源……究竟是玩眞的，還是假的？」

莊森點頭：「是呀。若能成眞，該有多好？」

老人凝望他，神色安詳：「我好盼它能成眞……若能成眞，該有多好？」他停止灌功，收回手掌。西門木乙閉上雙眼，就此死去。

莊森抱起屍首，往樹林外走，回到河畔工寮，在空地上放下西門木乙。鄭瑤上前回報：「莊大哥，點清了一共四十六具屍首，都是三奇宮和附近招來的工人。沒有活口，也沒有梁州分堂的人。河邊有足跡繼續往上游去，多半是分堂的人追捕凶手。」

莊森說：「你們留在這裡，處理善後。我跟明月去找他們。」

鄭瑤抗議：「莊大哥……」

莊森比向滿地屍首：「這些人都是一人所殺。此人功夫如何，不必我多說了吧？你們跟去只會礙手礙腳，留下。」說完展開輕功，以只有上官明月能夠勉強跟上的速度往上游趕去。

上官明月運氣狂奔，身旁樹木皆化殘影，但莊森仍是越離越遠。眼看莊森竄入樹林，不見人影，她忍不住叫道：「師兄慢點，我跟不上。」

莊森放慢步伐，與她同行，說道：「范濤大開殺戒，我怕去得晚了，分堂弟子遇險。」

上官明月點頭：「我懂。我也慢不了多少，師兄就等我一等吧。我說師兄，一會兒若遇上這個范濤，且讓明月先跟他較量。」

莊森遲疑：「晨星劍法詭譎多變，我怕師妹一個沒留神……」

上官明月說：「不是明月愛捧師兄，這等邪魔歪道，若讓師兄動手，還能不手到擒來嗎？本宗轉勁訣總要與高手過招，才有長進。我難得遇到高手，師兄別來搗亂。」

莊森知道上官明月轉勁訣內勁已練至六層，即便不及范濤，也不會一上場便敗下陣來。他說：「晨星劍法的要訣不在於快，而是著重一個亂字。試想天上繁星，有明有暗，亂中有序。晨星劍看似雜亂，其實也有道理可循。二十八宿星相，妳都看熟了嗎？」

上官明月道：「師兄每晚找我船頭看星星，原來另有深意。」

莊森點頭道：「有備無患。晨星劍以二十八宿幻化而來。看似二十八套變化，實則同星宿一般，分作四方。他施展青龍七宿中的招式，就不會連到玄武七宿的變化去。妳只要對照星宿方位，看出其中端倪，晨星劍法亂人心神的虛招就不足爲懼。」

上官明月說：「多謝師兄指點。」

左側傳來金鐵交擊聲響，莊森一個筋斗，翻出樹林，跟上官明月停在一片空地邊，神色訝異，看著十餘丈外十幾名持劍鬥毆之人。梁州分堂弟子共十三人，其中五人已受傷倒地，有的在包紮傷口，有的盤腿而坐，運功調息。剩下的人圍成一個小圈子，合力對抗圈內一名身法奇快的中年男子，想來就是野馬莊的范濤了。那范濤的晨星劍法果然凌厲，宛如繁星點點，同時自四面八方往玄日宗的劍圈招呼，彷彿他一人困住玄日宗眾人，而非眾人在圍攻他。然而仔細一瞧，他的劍招多半都由一名武功高出眾人甚多的玄日宗弟子接下。那人手持兩支判官筆，以鋼鍊接連手上戒子，可甩出傷人，使的雖是玄日宗武功，但卻獨樹一格，與江湖上常見的玄日劍法和掌法不同。莊森認出他是二師伯李命的弟子關瑞星，江湖綽號小神判。玄匪之亂時，莊森在河東道與他會過一面，傳過他一手對付十三太保的功夫。

上官明月咦了一聲，問道：「是關師弟？他怎麼會在這裡？」

莊森道：「玄匪亂後，關師弟沒有回歸本宗，也無任何作爲，大家都說他退隱江湖了。難道這麼巧，他竟在大隱谷隱居？」

上官明月拔劍出鞘，說道：「我去助他。」

莊森卻說：「妳看。關師弟他們打鬥有玄機的。分堂弟子武功不行，走位步伐卻都有安排，關師弟一遇險，立刻有弟子來援。地上的石頭看似雜亂，其實蘊含六合陣法，對范濤而言，每顆都是絆腳石。關師弟從二師伯那裡傳承下來的可不只有武功。此刻玄日宗奇門術數的傳人，多半是以關師弟爲首了。」

就聽那范濤邊打邊道：「關瑞星，你既已退隱江湖，又何必管玄日宗的事？」

關瑞星大笑：「你方才不把我放在眼裡，現在又嫌我多管閒事了？看來你的武功不如你想像中厲害，我的陣法不是你想破就破得了的。」

范濤喝道：「區區六合陣，大爺要破又有何難？你們玄日宗就是靠人多，這下又來幫手了。」

莊森推推上官明月：「說妳呢。上吧。」

上官明月正要出陣，回頭又問莊森：「那師兄呢？」

莊森笑道：「我在旁邊假扮高人。」

上官明月嬌喝一聲，縱身而上，說道：「范濤！玄日宗幫手來啦！」

范濤拋下關瑞星，轉身迎向上官明月，皺眉道：「好女娃兒，竟然知道大爺的名號？」他一劍長虹，刺向上官明月，斗然之間劍光彷彿雪花般散開，將上官明月上身大穴籠罩其中。上官明月展開雲仙掌的仙履幻步，霎時間連個人影都瞧不清楚，范濤以劍光直指的穴道轉眼不見蹤跡。他冷笑一聲，凝聚劍勢，在身旁劃出一道弧光，逼退上官明月，站定後喝道：「功夫不錯，報上名來！」

上官明月道：「上官明月。」

范濤眉頭一皺，說道：「原來是大名鼎鼎的上官舵主。想不到妳武功高強，容貌也美。如此嬌滴滴的美人，大爺還真不捨得殺。」他今晚殺了四十餘人，又跟玄日宗弟子遊鬥許久，此刻已是氣息紊亂，筋骨疲憊。一聽來人赫赫有名，他立刻停下來找話說，趁機調節氣息，蓄力再戰。上官明月的名號本就響亮，又因解救長安焚城之事聲名大噪，可說人人景仰，不光武林人士，就連尋常百姓也都聽過這位金州菩薩的大名，乃是玄日宗此刻鋒頭最盛之人。范濤本來不把玄日宗武功放在眼裡，然則上官明月名頭太大，摸不透她武功深淺。加上她適才露了一手奇妙步伐，好似天外飛仙，范濤實在不敢小覷。

上官明月嫣然一笑：「啊，范大爺真好心，捨不得殺我。那不如把劍放下，束手就擒吧。」

范濤大笑道：「笑話！妳當本大爺是傻瓜嗎？」

關瑞星上前兩步，踏出臨時擺開的石陣，說道：「師姊，此人劍法詭異，功力深厚，我們一起制伏他。」

上官明月朝關瑞星點頭：「本來師姊是不喜歡跟人聯手的，但我身後那位大師兄啊，把這位范二爺的武功吹捧得出神入化。再說，掌門師叔特別交代，要我們一改從前自大驕傲的門風……好啊，我們一起制伏他吧。」

關瑞星神色一喜：「莊師兄也來了？」他見到有人跟上官明月同來，但月光下瞧不眞切，只看出是個男人。此刻聽說是莊森，立刻鬆了一大口氣。

范濤側頭看向上官明月身後，揚聲道：「你就是莊森？當日在蒲州城外中了我的陣法，你的腳還沒瘸嗎？」

莊森挖挖耳朵，輕聲道：「師妹，范二爺好欠揍啊！妳到底打不打他？妳不打，我要打啦。」

范濤大喝一聲，反身攻向關瑞星。本來他自恃武功高強，即使遇上虛實難測的上官明月，心下也毫不膽怯。然則莊森號稱武功天下無敵，是公認下任武林盟主的不二人選，范濤就算再自大，也知道自己還沒到天下無敵的境界。當日在蒲州有備而來，樹林中布下渾天六合陣，這才敢與玄日宗兩大高手作對。思量到此刻孤身一人，必敗無疑，他便開始考慮逃生。關瑞星在三人之中武功最弱，又離了六合陣，自己若施展絕招，說不定能一擊得手。只可惜關瑞星適才與他搏鬥許久，又擅觀天象，熟星宿方位，已然看出晨星劍招式的端倪，即使久鬥必敗，要擋他幾招卻不是問題。范濤兩劍沒能拾掇下他，上官明月已經從後殺到。

范濤藝成以來，鮮少與人過招。這些年接過幾樁殺人的買賣，全都手起劍落，一招斃命，從未會過眞正高手。此刻在玄日宗兩高手夾殺之下，他雖感手忙腳亂，卻也打得精神振奮，戰心大起，只覺得一生之中從未施展過如此凌厲的劍招，晨星劍法中幾個從前參不透的地方，隱隱都開始有所頓悟。

他如此，上官明月和關瑞星亦是如此。眼前的晨星劍法不但詭異難擋，其中蘊含的學問也大。兩師姊弟聯手，可謂立於不敗之地，行招之間有了餘力，便開始在對方武功中驗證自己的武功。三人一開始打得是招招凶險，時刻都有性命之憂，但戰到後來反而像是同門較藝，在對方的功夫中彌補自己的不足。

范濤打了半天，突然驚覺，心想：「不妙，這樣打下去，招式都讓他們摸透。關瑞星也還罷了，這上官明月武功內勁都只略遜於我，但臨敵經驗可比我豐富多了。我若不盡快突圍，下次再遇上她，未必討得到好去。」

卻聽莊森在旁說道：「失望啊。范二爺的晨星劍法，原來不過如此。唉，曾經滄海難為水，當日見識玄黃天尊的晨星劍法，那才叫深不可測呢。」

范濤大喝一聲，身形拔起，撲向莊森，叫道：「姓莊的，我倒要看看你有多了不起！」他這一劍可眞是盡展所學，將今晚大戰之下體悟到的一切融會貫通，使出一輩子不曾使過的絕妙劍法，青龍七宿中的七套劍招合而爲一，鋪天蓋地般對著莊森刺了下去。

莊森拔出長劍，筆直對他一舉。范濤突然感到四周燥熱難耐，彷彿四面八方捲起火熱狂風。眼看莊森只是輕描淡寫地舉劍對準，並不移形換位，也沒施展劍招，但他就是怎麼想也想不出該如何避開此劍，彷彿不管如何退避，莊森的劍都會刺穿他喉嚨。范濤嚇得魂飛天外，連忙橫劍一封，擋在自己咽喉之前。天幸他功力深厚，眼光獨到，看得出莊森這劍是刺他咽喉，這才能及時以劍刃抵住莊森的劍尖。范濤偏斜劍刃，整個人彈向莊森身後樹林，轉眼之間閃得無影無蹤。

上官明月和關瑞星雙雙掠過莊森，竄入樹林之中。莊森沒跟上去，而是走向梁州分堂弟子，取出藥包幫受傷的弟子療傷。

一炷香後，上官明月和關瑞星返回空地，來到莊森面前。

上官明月神色慚愧，說道：「師兄，讓他跑了。」

關瑞星說：「此人不但武功高強，布下的迷魂陣也不簡單。若不是師兄師姊趕到，我臨時布下的六合陣，多半已經讓他破了。」

莊森點頭：「我適才林間奔跑，察覺有些木石讓人動過手腳，只是陣法尚未催動。他的六合陣我領教過，不是我能破得了的，所以就沒追去了。」

上官明月佯怒：「你早知道了，還讓我們追？」

莊森聳肩：「我破不了，關師弟說不定破得了啊。」

關瑞星說：「等天亮後，要破不難。現在這麼黑，他逃命又只需片刻，當然讓他逃了。」

莊森一邊運功幫分堂弟子治療內傷，一邊說道：「無妨。他滅三奇宮是要搶桃花源的生意，所以定會出席無道仙寨桃源會。要抓他還有機會。」他轉向關瑞星問：「師弟，你是在大隱谷隱居嗎？」

關瑞星點頭：「是。師父過世，我也不想再回玄日宗。本來打定主意不再過問江湖之事，未料三奇宮騷擾大隱谷，鬧得我都準備搬家。今晚遇上那姓范的要殺分堂弟子，我才終於忍不住出手。」

莊森說：「三奇宮的桃花源有點意思。此事涉及奇門術數，非我所長，師弟若不嫌麻煩，可否隨我前往無道仙寨，了結此事？」

關瑞星苦笑：「我想退隱江湖，不問世事，師兄卻邀我同去無道仙寨那等是非地。若是旁人邀約，我定要推辭。但既然師兄開口了，師弟自當盡力而為。」

當晚，玄日宗眾人在梁泉村過夜。次日，梁州分堂弟子協助報官，處理三奇宮屍體之事。莊森等人隨大江幫貨車下山，繼續往無道仙寨而去。

第十二章 仙道谷

大江幫除十輛貨車外，另僱一輛馬車供玄日宗眾人乘坐。路途顛簸，莊森等人坐得渾身痠痛，便即下車行走。只有上官明月在車上指導燕珍珍內功，助她捨棄己身大道神功，轉回正道。一日無話，傍晚市鎮投宿，用完晚膳，上官明月提了壺酒，敲響莊森房門。

兩人共桌對飲，誰也沒有說話。一壺悶酒喝完，上官明月提起酒壺，又要上前聽打酒。莊森見她步伐虛浮，喊住她道：「師妹，喝夠了。」

上官明月放下酒壺，坐回椅上，左搖右晃，說道：「師兄，有佳人相伴，卻悶頭喝酒，你心裡有事？」

莊森苦笑道：「師妹不也一副心裡有事的模樣？卻來問我。桃源帖一事，我一直把三奇宮當作壞人，但不論再怎麼壞，整個門派被人滅了，還牽扯上許多無辜工人的性命……」他凝望上官明月，彷彿只想看著美麗的事物，趕走醜惡景象。「四十幾條人命，四十幾具屍首。我心中卻毫無所感。慣了，習以為常了，麻痺了。師父提過當年黃巢之亂，他們都曾如此麻痺，但我不信。我以為看到人殺人這種事情，怎麼可能麻痺？怎麼可能毫無所感？但我終究還是把他們交給當地官府處置，拍拍屁股走人了。」

上官明月伸手過去，握住莊森手掌。「你是去捉拿殺害他們的凶手。」她捏了捏莊森手掌，隨即放開，又說：「我也麻痺了。長安焚城，屍橫遍野，焦肉味七日不散。不論看到多少死人，在我眼中也不過就是具皮囊。從前我會爲了殘酷之事哭泣，如今卻爲了麻木不仁而傷心。世道亂了，我們變了。」

莊森道：「朱全忠殺先帝，誅九王，多半不出一年就要篡唐。到時候各方節度使若非自立爲王，就是要聯合討伐他了。此後天下之亂，比之從前又會更亂一籌。『亂世避戰禍，潛居桃花源』。三奇宮滅了，但他們留下一幅願景。眞正的桃花源是全民百姓安居樂業，而那並非我們所能爲。陶淵明筆下的〈桃花源記〉，倒是一幅不錯的藍圖。」

上官明月問：「師兄想建桃花源？」

莊森深吸口氣：「我想助人建立桃花源。三奇宮滅了，野馬莊手段凶殘，絕非可用之人。孫氏父女學識淵博，若輔以本宗渾天六合陣，說不定能有作爲。只盼趙師弟能順利救回了緣居士。」

上官明月湊近到莊森身旁，玉手再度握起他的手掌，這一回卻不放開。她說：「師兄心繫蒼生，俠義心腸，眞是師妹的榜樣。」

莊森讓她握著，心神一蕩，也不知是該主動掙開，還是繼續握著。他說：「師妹是世人公認的菩薩心腸，那才眞教人佩服呢。」

上官明月微微一笑，突然側頭靠上莊森肩膀。莊森手足無措，想推開她，卻又不是眞的想推開她。他說：「師妹……不是說有心上人了嗎？」

上官明月酒意湧現，語氣倦了。她說：「師兄的肩膀要扛起天地。借小妹靠一下又怎麼樣呢？」

莊森答不出來，便讓她這麼靠著。上官明月態度曖昧反覆，弄得莊森心頭好亂。他心想：「我上個月才說心裡有人，拒絕了孫姑娘的情意，此刻竟然又來揣測師妹的心意。我說心裡有人，可不是指上官師妹呀。唉，師妹也不知道在想什麼，分明對我示好，卻又老講奇怪的話。她到底有沒有心上人？」

耳聞上官明月呼吸聲響，知道她不勝酒力，已然睡去。莊森喚她兩聲，沒有回應，便將她打橫抱起，欲送回房。他停在自己房門口，突然覺得懷裡溫香軟玉，吹氣如蘭，一時間竟捨不得踏出門。打從月盈回歸吐蕃至今，莊森已有兩年不曾抱過女人，這時聞到上官明月身上的體香，不禁口乾舌燥，彷彿聽見趙言嵐在喊他淫賊。他甩甩腦袋，連忙把上官明月送回房裡。

上官明月與燕珍珍同住一房，進門時燕珍珍正在床上打坐。她聽見聲響，睜眼一瞧，眉開眼笑道：「喔！師兄，我就知道你對師姊心懷不軌！」

莊森把上官明月抱到床前，側頭要燕珍珍讓點位置。「妳別亂說。妳師姊喝醉了，我送她回來休息。讓讓。」

燕珍珍坐到床腳，看著莊森幫上官明月蓋好被子，笑盈盈地說：「師兄眞是體貼。珍珍也要睡了，你也幫我蓋被子吧？」

莊森說：「自己鑽進去。」說完走出房外，轉身關上房門。一回頭，卻看到關瑞星從旁走來。

關瑞星笑著說：「莊師兄，你跟上官師姊……」

莊森一副被人逮到的模樣：「沒有，我們沒怎麼樣。」

關瑞星點頭：「我沒說什麼呀。從前上官師姊對我們這些師兄弟從不假以辭色。不過以莊師兄這等人才，是女子都會傾心的。」

莊森靈光一現，把他拉到旁邊，小聲問他：「你可曾聽說師妹……有過心上人？」

關瑞星笑到一半，神情微僵，垂頭說道：「師兄……其實……當年總壇師兄弟都看得出來，師姊她……對她師父過度依戀。那時候好幾個喜歡她的師兄弟都拿此事大作文章，弄到最後四師叔不開心了，終於把師姊貶離總壇。如今大師伯過世，師姊她能把情感轉移到師兄身上，也是好事。」

莊森想起之前崔望雪提過此事，卻沒想到當年曾鬧出風雨，大家都知道此事。他說：「徒弟迷戀師長，倒也不算罕見。此事既已過去，那也不必再提了。」心裡卻想：「倘若師妹知道大師伯尚在人間，會不會去找他呢？大師伯的人才武功可不是我莊森能比得上的呀。傻啦！胡思亂想什麼。但是……師妹說她有心上人的模樣倒似不假，難道她知道大師伯還活著？慘啦慘啦！難道我要跟大師伯搶女人？哎呀！我這胡思亂想已經到了走火入魔的地步啦。看來等桃源案了結，我得上吐蕃去找盈兒才行！」

各自回房睡下，第二日清早出發，繼續趕路。不一日來到欲峰山腳下，自仙道谷入山。上官明月和鄭瑤說起上回在仙道谷遇上三方仙寨劫匪之事，莊森與關瑞星深感有趣，大江幫幫眾卻戰戰兢兢。

大江幫打著仙寨餓虎倉行的旗號運鹽入谷，一般不會出事。就只有去年帶上鄭瑤及上官明月入山那回遇上過攔路打劫。他們不像玄日宗眾人那般武功高強，一旦混戰，難免受傷，是以手握刀柄，嚴加戒備。

來到仙道谷半途，眼見前方道旁新搭了間竹棚，棚後就是亂葬崗。棚下擺有桌椅、木桶、水杯，看來是間施茶棚。眾人走了半日，早就渴了，見那茶棚既有遮蔭，又有茶水，不由自主都加快腳步。劉堂主退到莊森身旁，道：「莊大俠，這茶棚是新蓋的，不知底細。無道仙寨施茶，咱們還是不喝爲上。」

莊森點頭：「在下沒有來過仙寨，不懂規矩，一切還聽劉堂主指教。」

來到近處，一看那茶棚裡坐了好幾個人，各個故作悠閒，好似世外高人，瞧都不瞧大江幫眾人一眼。劉堂主吩咐車隊繼續趕路，不必停留。那幾位高人眼看他們不停，突然急了，有人張口喊道：「各位，各位！有涼茶喝，清涼退火，怎麼不停下來喝杯茶再走？」

劉堂主不知對方何許人也，怕得罪了仙寨勢力，來到茶棚外拱手說道：「各位好意，在下心領。此地離無道仙寨不遠，伙計年輕力壯，卸了貨再休息便是。」

五十來歲大漢走出茶棚，揚聲道：「請各位稍候。」

劉堂主取出餓虎倉行旗幟，說道：「這位大爺，咱們是大江幫運鹽的車隊，貨是餓虎倉行池老闆要的。你有什麼話，去跟池老闆說吧！」

那大漢運起獅吼功，喝道：「土團白條軍袁八方，奉將軍之命前來拜會玄日宗莊森莊大俠！請莊大俠借步說話。」

上官明月跳下車，來到莊森旁邊。莊森朝她使個眼色，上官明月低聲道：「沒聽說過此人。當年孫儒死後，土團白條軍的部分精銳讓楊行密收編為黑雲都，部分精銳跟著馬殷去幹武安軍節度使，剩下的殘部流竄到欲峰山，領頭的名叫邱寂寥，成名武學叫銷魂刀。除此之外，沒聽說什麼厲害人物。」

劉堂主說：「袁八方是仙寨土團白條軍中第二號人物。邱寂寥派他來，很給莊大俠面子了。」

莊森點點頭，自馬車後方走出，來到袁八方面前。袁八方氣燄囂張，莊森也不跟他客氣，說道：「莊大俠在此，你有什麼話就說吧。」

袁八方斜眼看他：「你就是莊森？太矮了吧？」

莊森從未讓人嫌矮過，也不生氣，只說：「你是嫌自己長太高了？要讓你變得比我矮，倒也不難。」

袁八方哼了一聲：「小娃兒，不知天高地厚。你別以為外面的人把你的武功捧上了天，你就當眞所向無敵。告訴你，無道仙寨不是普通人可以來混的！」

莊森笑道：「幸好莊大俠不是普通人。」

袁八方嚥下一口氣，說道：「莫逞口舌之快，跟我去見我們將軍。」

莊森搖頭：「不去。」

袁八方深吸口氣：「強龍不壓地頭蛇。姓莊的，將軍看得起你才來請你，不要給臉不要臉啊！」

莊森說：「看得起我就親自來見，派個大老粗來是什麼意思？你回去跟你們將軍說，我莊大俠十分好客，他來找我，我一定見他。就這樣。」說完朝劉堂主揮揮手，車隊繼續前進。

行出十餘步外，聽見袁八方在後面叫道：「莊大俠，將軍爲了你來，特地搭了茶棚迎接。這還不夠隆重的嗎？」

莊森倒沒想到他會這麼說，回頭便道：「隆重！莊某人心領了。你就照我的話跟將軍說吧。」

車隊再行一陣，遇上四女一男，一字排開，擋在道上。劉堂主下令停車。爲首男子站在中央，畢恭畢敬地說：「無道仙寨恭迎玄日宗莊大俠大駕光臨。本寨寨主於山城內設宴，爲莊大俠、上官女俠及玄日宗諸位大俠洗塵。寨主誠心邀約，大俠莫要推卻。」

上官明月長嘆一聲，說道：「大師兄面子好大。小妹上回來，他們派了幾十個人打架呢。」

莊森笑道：「要不是師妹去年揚威仙寨，他們也不會對本宗如此看重。」

鄭瑤瞧見那男人身後的四名女子，突然臉色大變，低頭往車後走去。其中一女遠遠瞧見他，笑道：「鄭公子，你不記得奴家了嗎？快過來呀，奴家這回兒定要好好服侍你。」

大江幫眾人一聽，都知道是怎麼回事，忍不住暗自好笑，只是在玄日宗眾人面前，不好意思笑出聲來。那四名女子正是鄭瑤當日與秦霸天於龍蛇樓喝花酒時招來的酒家女。鄭瑤心想對方都點出自己了，儘管在師長面前多有尷尬，卻也不得不認。他轉過身去，僵硬笑道：「姑娘……」

那姑娘笑道：「我是小翠，你不記得了？」

鄭瑤呑口口水道：「姑娘，當日可謂不打不相識，承蒙幾位姑娘引薦寨主，大破誅匪盟案。鄭某深感大德。」

四個姑娘笑得花枝亂顫，小翠說道：「鄭捕頭武功高強，中了迷香還能制伏我們四姊妹，令人由衷佩服。當時你要我們脫光衣服服侍，以免暗藏凶險，這話太有道理，眞是聰明人才想得出。這回兒，大家一起脫了衣服吧。」

鄭瑤滿頭冒汗，張口結舌，好一陣子說不出話來。上官明月在他耳邊小聲說道：「鄭瑤，我那天叫你去找姑娘，想不到你眞的去啦？有膽識，眞男人。」鄭瑤低頭不語，就當大家看不到他了。

適才男子依然恭敬：「請問哪位是莊大俠？」

莊森上前：「在下莊森，沒有請教？」

男子道：「莊大俠好，在下黃一帆。家父黃皓，乃仙寨寨主。」

莊森道：「黃公子彬彬有禮，比那土團白條軍可有誠意多了。只是莊某此行有事，得先去個地方。還請黃公子回覆令尊，待在下辦完事情，再行拜會。」

黃一帆道：「家父今晚包下龍蛇樓，也為玄日宗諸位大俠安排住房了。」

莊森笑道：「這麼周到，那就一定要叨擾了。兩個時辰後，咱們龍蛇樓見。」

一行人繼續入山。黃一帆等人沒隨他們同行，不知道從哪個山壁上的密道離開。劉堂主神色煩惱，問莊森道：「莊大俠，你接受黃皓款待，卻不去見邱寂寥，這樣會不會得罪人呀？」

莊森聳肩：「我們玄日宗專做得罪人的生意。他土團白條軍不過靠著老字號唬人，若真有本事，又豈會讓黃皓打著仙寨寨主的招牌混飯吃？再說，我此行本來就是要找黃皓，他既然找來了，又管吃管住，我沒道理拒絕他。」

劉堂主問：「莊大俠要找黃皓？」

莊森點頭：「黃皓為了桃源案之事，不知道投了多少錢進去。如今三奇宮滅了，桃源大會可還要開。與會者一人攜帶一千兩黃金，這黃澄澄的金子，黃皓要是不要？他要，就得再找一批懂得奇門八陣的高手。這等高手，我剛好識得幾位。」說著朝關瑞星點頭。

劉堂主皺眉：「他若要黃金，直接殺了那些人，不是更快？」

莊森瞪眼：「無道仙寨行事如此辣手嗎？」

劉堂主說：「一入仙寨，後果自負。他們真要這麼幹，也沒人能說什麼。」

上官明月搖頭：「出得起千兩黃金之人，不是貪官，便是富商。一股腦都殺了，肯定也會招惹後果。」

莊森道：「總之他來找我，自是有事要談。談了再說。」

過仙道谷，車隊上山，尚未遇上人家，就見山道旁坐著一名二十來歲男子，散發一股世外高人的氣勢，舉手投足都有亦正亦邪之感。男子見到車隊，站起身來，眾人只覺得眼前一花，他已站在山道中央。

莊森見此人身法奇快，落地無痕，顯是一流高手，心想：「幸好無道仙寨真有高手，不然還真不知道這麼大名頭是怎麼來的。此人功力深厚，卻又如此年輕，果然臥虎藏龍。我得先出手打發了他，免得上官師妹又說要拿他練功。」

他尚未開口說話，燕珍珍突然跳下馬車，氣呼呼地飄到莊森面前，指著來人說道：「大師兄，這人是壞人，你幫我教訓他！」

上官明月語氣責備：「珍珍，怎麼這樣說妳爹？」

燕珍珍氣道：「我就是要說他！他把我一個小孩兒丟在外面不管，師姊還要幫他說話？」她推搡莊森。「大師兄幫我出氣！」

燕建聲嘆道：「珍珍，爹不是……」

燕珍珍雙手摀耳：「我不要聽！」

莊森向來人抱拳：「閣下就是血泉當舖燕掌櫃？」

燕建聲忙轉向莊森，拱手說道：「在下燕建聲，向莊大俠、上官姑娘請安。」

大江幫眾人竊竊私語，紛紛後退。他們運貨來過無道仙寨幾回，雖然沒有多作停留，但仙寨中的閒事還是聽過不少。血泉當舖是仙寨中邪派高手聚集地，當舖燕掌櫃接受典當陽壽，永保青春的傳說，大家也都早有耳聞。如今傳說中的魔頭近在咫尺，眾人自然退避三舍。

上官明月回禮道：「燕掌櫃何必如此客氣，說什麼請安呢。」

燕建聲神色誠懇：「上官姑娘言而有信，讓我們父女兩人今日重逢。大恩大德，燕某人必當報答！」

燕珍珍忍無可忍，飄身上前，喝道：「你這拋棄女兒的壞人！我打你！」

燕建聲本想受她一拳，讓女兒發洩出氣，也就算了。想不到燕珍珍一上來便出指插他雙眼，若不趕緊避讓，眼睛便要當場瞎了。他後退閃避，燕珍珍踢他下陰。他側身迴旋，燕珍珍又劈他胸口。每一招都對準要害，竟是致命的打法。

燕建聲無奈，只有出手招架，邊打邊道：「珍珍妳聽爹解釋。當年逼妳離寨，是爹不對。我本來只想做個樣子，等仙寨這邊風頭過了，就去接妳回來。但我再次下山時，已經找不到妳了。」

燕珍珍破口大罵：「廢話！我長得一副十歲小孩的模樣，你要我如何謀生？我連投身青樓都不行呀！除了攔路打劫，偷拐搶騙之外，我還能幹什麼？少了你在身邊，我能不被人當成落水狗追打嗎？」

燕建聲無奈：「爹不是留錢給妳了嗎？」

燕珍珍怒道：「十歲小孩捧著一大袋錢，哪個人不會打我主意？」

燕建聲苦口婆心：「妳總不能長得像十歲小孩，就永遠是十歲小孩呀！爹也只是想妳多點歷練呀！」

燕珍珍吼道：「歷練？歷練！」她越說越火，出手越來越快。

他們父女兩人自玄黃七經修煉大道神功，內力獨樹一格，但拳腳功夫卻未經玄黃天尊指點，練的是燕建聲的家傳武學。十五年下來，原本粗淺的外功受到高深內力影響，平淡無奇的招式也使得凌厲駭人，只看得大江幫伙計瞠目結舌，越退越遠。

這十年間，血泉當舖的生意蒸蒸日上，燕建聲又在仙寨中偷獵玄日宗弟子，功力深厚異常，行招之間頗有玄黃天尊仙氣飄飄的氣勢。燕珍珍淪落在外，顛沛流離，獵殺孩童練功之餘，心態越來越偏激，出招越來越狠辣，即便使出初學乍練的朝陽神掌，看在旁人眼中也像出自鬼怪之手。

兩人以快打快，轉眼交手數十招。上官明月擔心再打下去有人受傷，會加深父女間的嫌隙，於是張口道：「珍珍，原諒妳爹吧。」

莊森也勸：「是呀，珍珍。父女之間有什麼不好說的呢？他誠心道歉，妳就原諒他吧。」

燕珍珍跳出戰團，落在莊森身旁，目光泛淚，說道：「要我原諒他？你用十成功力打他一掌，他不避不讓接下了，我就原諒他！」

莊森嚇一跳：「十成功力？妳不怕我打死妳爹？」

燕珍珍神色怨懟，看著父親道：「笑話！他燕掌櫃是得道仙人，不怕你凡夫俗子的神功！」

燕建聲昂然而立，說道：「莊大俠請出手吧！只要珍珍原諒我，就算讓你打死了，燕某人也無怨無悔。」

莊森斜眼看他，心想：「適才珍珍插你雙眼，你立刻就躲開了。說什麼讓我打死也甘願，多半是瞎說。但父女倆多年心結，不作場好戲是解不開的。且看這場戲如何收尾。」

他正要開口，上官明月搶話道：「這一掌，我來打吧。」

燕珍珍攤開雙手攔住她：「不行！以師姊的功力，怕被我爹收去了。這掌只有師兄能打。」

莊森走到燕建聲面前，凝望對方，說道：「燕掌櫃，小心了。」

燕建聲點頭：「我父女倆若能合好，全拜莊大俠所賜。出掌吧。」說完伸出右掌，準備接下掌力。

莊森心想：「自從悟出第九層轉勁訣，我已許久不曾全力出掌。此刻運起十成功力，威力如何，連我自己也不知道呀。」他右肘後移，凝聚掌力，火勁四起，一掌尚未擊出，旁觀眾人已經神色大變，熱汗直流。莊森加催內力，玄陽掌滋滋作響，聲勢駭人。

燕珍珍臉色一變，問道：「師兄，這……這是什麼掌法？」

莊森道：「玄陽掌。妳日後掌法有成，我便傳妳。」心想：「我畢竟還是有所不及。要是能像玄黃天尊那樣，玄陽掌使到當眞噴出火來，那珍珍定會嚇到要我撤掌了。此刻騎虎難下，只好出掌，且看燕掌櫃造化啦。」

他推出右掌，對上燕建聲掌心，送出十成功力的玄陽掌力。其實他的轉勁訣已經爐火純青，掌力送出去後，要再收回來也是可以。此刻一來爲了作戲，二來想趁機試探燕建聲功力，三來總是要下馬威的。

燕建聲雙眼圓睜，滿臉漲紅，只覺得一股火柱自掌心竄入體內，根本不像是內功掌力。他礙於顏面，不願以大道神功吸收莊森功力，況且這團火焰吸入體內，是福是禍也未可知。他本來運足內勁，想要抵抗，順便試探莊森功力，但那團火柱彷彿化爲火海，轉眼淹沒他所有功力，完全探不出莊森的底蘊。無奈之下只好施展轉勁訣，奮力在體內引導這片火海，保護經脈內臟。結果發現莊森的功力雖已離體，竟然還在他本身掌控之下，自己的轉勁訣根本轉不動。他年前也曾一招敗給趙遠志，但趙遠志身無內力，單靠轉勁訣轉得他功力渙散，與眼前的情況又大不相同。打從出道以來，燕建聲頭一回體驗到什麼叫作深不可測，什麼叫作命懸他手。

突然之間，火勁退散得無影無蹤。莊森收回右掌，皺眉看他，神色間流露關心之情，顯然是怕把他給打死了。燕建聲喉頭一甜，噴出一口鮮血，然而嘴中無力，噴不及遠，血全流到胸口，衣衫一片殷紅，看來傷勢沉重，模樣駭人。莊森問他：「燕掌櫃，還好吧？」

燕建聲吞口血水，說道：「死不了。莊大俠神功蓋世，燕某……五體投地。」

燕珍珍衝上前來，推開莊森，見燕建聲滿胸是血，臉色慘白，忍不住對莊森道：「師兄啊！你怎麼把我爹打成這樣啦？」

莊森瞪大雙眼：「是妳……十成……妳不會是怪我吧？」

燕珍珍一把抱住父親，哭道：「爹，你沒事吧？」

燕建聲撫摸女兒秀髮，哽咽道：「現在沒事了。爹現在……沒事了。」

莊森見上官明月淚眼汪汪地一旁看著，便站到她身邊。上官明月見燕家父女相擁而泣，心中著實感動，礙於舵主身分，不好當眾哭泣，是以始終強忍。她往莊森靠去，手臂微微貼著莊森，輕聲道：「大老遠跑這一趟，就是爲了這一幕。大師兄，謝謝你。」

莊森笑道：「謝什麼呢？」

上官明月深吸口氣：「千言萬語，總之是謝謝你了。」

第十三章 闖浪蕩

一行人繼續上山，路過民房，通過市集。山城市集好不熱鬧，各式叫賣雜耍、南北奇貨，只看得莊森眼界大開，忍不住多瞧幾眼。有個會噴三昧眞火的道士，烈酒入口，朝天狂噴，便見一道火柱沖天起，起碼三丈三有餘。整座市集鼓掌叫好。莊森佩服道：「含一口酒能噴那麼高，他定是喝了一整壺酒，再從腹中噴灑出來。此人內力當眞深厚呀。」

旁邊有人表演爬天梯。只看到一道打結的繩索平空豎起，天色陰暗，瞧不眞切，也不知道升到天上何處。那人就著繩索往上爬，越爬越高。觀眾起鬨，要之前的道士用三昧眞火噴他下來。道士笑而不答，就有人說：「這位大仙，我出一百兩，就看你把他給我噴下來。」

道士搖頭道：「兄台，大家混口飯吃，何必做絕呢？」「兩百兩！」「不幹。」「三百兩！」「不好。」「四百兩！」「這……不太好啦。」

一行人又走幾步，看了金槍刺喉和胸口碎大石。劉堂主見莊森看得入迷，湊過來道：「莊大俠，這都尋常表演，外面也看得到嘛。」

莊森搖頭：「不知爲何，每次瞧見胸口碎大石，我都很想知道到底是石頭先碎，還是人先吐血。」石頭尙未打碎，後方掌聲如雷，齊聲叫好。莊森等人回頭，卻見一條火繩沖天起，爬天梯的老兄渾身著火，從天上摔了下來。莊森大驚，連忙要衝過去救人，無奈路人擋道，一時間過不去。就聽見啪噠一聲，火人摔在一輛茅草車上。旁邊有那沒在起鬨的人，提了水桶往他身上就潑。莊森瞧得目瞪口呆，拉了劉堂主問：「那道士還眞的噴火啦？這一不小心，不就鬧出人命了嗎？」

劉堂主聳肩：「這裡經常鬧出人命。敢來這裡混飯吃，都有玩命的覺悟。不然，隨便打賞就幾百兩，外面哪有這等好事？」

眾人路過雜耍街，來到叫賣巷，一看那什麼山珍海味、靈丹仙藥、眞跡墨寶、神兵利器通通出籠了。舉凡賣吃的，都是奇珍異獸，鳳凰爪、麒麟肺、神龍角、玄虎鞭，開出的菜單一家比一家唬人；賣藥的也不遑多讓，天山雪蓮好像地上的野花般隨處可見，萬年老人參也跟種菜似地到處都有，整個市集的神藥加在一起，足可增強十萬八千年的功力，讓人都不知道辛苦練功所爲何來。書畫墨寶還是以韓幹的牧馬圖爲大宗。其中一家標新立異，店門口不掛牧馬圖，而是一張大大的血色「慘」字。莊森問其由來，老闆說：「那是貞觀年間平原郡公劉蘭意圖謀反，讓太宗皇帝齊腰斬了，臨死前寫下的慘字呀！太慘啦！太慘啦！起碼要五百兩才賣呀！」

路過一整排兵器舖，每家店的商品都是天外玄鐵打造，連菜刀都標榜削鐵如泥。莊森提起一口寶劍，伸指輕彈劍面，聽那嗚嗚聲響，的確是口好劍。他想難得來到無道仙寨，不如買口寶劍紀念。上官明月見他掏錢，拉了他便走，說道：「師兄神功無敵，拿柄破劍都削鐵如泥了，別浪費錢。」

不一會兒來到餓虎倉行，大江幫忙著卸貨，玄日宗一行人則隨燕建聲前往血泉當舖。到得當舖，燕建聲將眾人迎入貴客廳，奉上等好茶款待，這才客氣道：「莊大俠貴人多事，此行仙寨定有要務。我們血泉當舖在仙寨中也算是上得了檯面的勢力。你若有什麼要打聽，在下知無不言，言無不盡。」

莊森開門見山：「不瞞燕掌櫃，兄弟此行是爲桃源帖而來，明日龍蛇樓舉辦桃源大會，掌櫃可有耳聞？」

燕建聲神色一變，遲疑道：「自然聽過。這桃源大會聚集了大量錢財，是今年仙寨頭等大事。甭說別的，光說那些大財主帶著隨從入仙寨，大家偷拐搶騙，就不知能榨出多少油水。如今三奇宮讓人挑了，所有人都想搶下這單生意，明日桃源大會，定有熱鬧可瞧。」

莊森皺眉：「敢問掌櫃，有多少人夠實力，搶得下這單生意？」

燕建聲深吸口氣，緩緩嘆道：「莊大俠和上官姑娘大恩大德，燕某已將二位當成是自己人。既然問起此事，我也不好隱瞞。昨日有故人來訪，找我合作要搶這單生意。我已動員了不少血泉當舖的人脈，四下探訪奇門遁甲之才。」

莊森問：「燕掌櫃的故人可是同爲七經傳人的范氏兄弟？」

燕建聲神色一凜，問道：「正是。莊大俠知道他們？」

莊森點頭：「我此行也是爲他們而來。范濤滅了三奇宮，還闖入金州刺史府殺了衙門師爺。我和金州神捕鄭捕頭正是來緝拿他歸案的。再說那范浪，抓了我一個朋友的父親，也就是方士界大名鼎鼎的了緣居士。我一開始牽扯此案，便是爲了要救他脫險。」

燕建聲若有所思：「原來是這樣。范浪沒跟我說拿下了緣居士，莫非是要藏私？但以他們范氏兄弟之能，要以奇門術數藏起桃花源，眞有必要去綁架高人，招惹莊大俠這等對頭嗎？」

莊森解釋：「我聽野馬莊的人說，他們搶了緣居士，或許是爲了逼他交出八陣圖。」

燕建聲一愣：「八陣圖？貨眞價實的八陣圖？臥龍先生親傳的？」

莊森揚眉：「怎麼了嗎？」

燕建聲聳肩：「沒事。仙寨裡有條奇門街，專賣方士的玩意兒。每家店都有八陣圖，跟那韓幹的牧馬圖差不多，早已見怪不怪了。莊大俠說起八陣圖，請恕在下難以當眞。」

莊森想起適才看到的牧馬圖，忍不住有些好笑，說道：「我跟個師弟兵分兩路，我追三奇宮，師弟去追野馬莊，也不知道這會兒救出了人沒有。」

燕建聲吃了一驚，叫道：「唉唷！不好！」他看著莊森道：「范濤是昨日到的，但范浪前幾日便來了。他說惹上了厲害對頭跟著入了仙寨，要借幾個高手去解決。昨日他會合范濤，查出對頭的下落，今日午後已經帶人去辦事了！莊大俠，千眞萬確，他沒告訴我對頭是玄日宗的人，不然我不會幫他！」

上官明月驚呼道：「燕掌櫃，你可知道那對頭是誰？他是我師父的兒子，趙言嵐師弟呀！」

燕建聲大驚：「什麼？他就是師……他是趙大俠之子？那可不行，咱們得去救他！」

莊森問：「你知道趙師弟在哪裡？」

燕建聲搖頭：「他們沒告訴我。我得派人去查。我借出三名高手隨行辦事，但那范氏兄弟本身武功就很高強。可惜我自命不凡，總要人家來找我辦事，也沒問過范氏兄弟下榻何處……哎呀，這……趙公子有何特徵？我要怎麼找他？」

莊森說：「他不是一個人來的。了緣居士之女與他同行。」說著把兩人的外貌特徵形容一遍。

燕建聲聽完，點頭說道：「這幾日仙寨裡到處都是有錢的肥羊，我早已吩咐伙計留意生面孔了。莊大俠放心，一個時辰內，我定能找出他們下落。只盼不要太遲了才好。」

莊森與上官明月對看一眼，沉思片刻，說道：「我想不必擔心。只要了緣居士沒有交出八陣圖，范氏兄弟定會拿孫姑娘去威脅他。就算趙師弟他們當真落入敵手，一時之間也不會有性命之憂。范濤吃過玄日宗的虧，對上趙師弟定有忌憚。我想他也不敢同時開罪玄日宗和青囊山莊。就請燕掌櫃吩咐下去找人。我們晚上有飯局，先去龍蛇樓赴約，燕掌櫃一有消息，立刻派人通知我們。」

上官明月訝異：「大師兄，你還真去吃飯呀？」

莊森點頭：「留在這裡也是閒著，掌櫃的找到趙師弟前，咱們什麼也不能做。不如就先去找黃皓探探消息。浪蕩軍既然是山寨最大勢力，定然有留意進出山寨的人員，不然我們也不會在仙道谷就給盯上。趙師弟跟孫姑娘結伴同行，不會引人注目。但那野馬莊的人在哪裡，黃皓多半知道。」

上官明月心想有理，便說：「那好，大師兄你帶關師弟和鄭瑤赴宴，我留在這裡等候消息。」

莊森瞧瞧她，又瞧瞧燕建聲，緩緩點頭道：「如此甚好。若有消息，互相通報，會合之後再作打算。」

他與鄭瑤、關瑞星離開血泉當舖。鄭瑤帶路前往龍蛇樓。走到半路，鄭瑤問道：「大師伯，這個燕掌櫃值得信任嗎？他與范氏兄弟既是舊識，又約好要一起發財，咱們不須提防他嗎？」

莊森微愣：「咦？你不是跟師妹一起認識他的嗎？帶珍珍回來找他，我瞧你也沒反對過，怎麼你不信任燕掌櫃？」

鄭瑤皺眉：「倒不是不信任他，就是不熟。再說，他練的武功邪異，做的生意也不正當。去年跟上官師叔來此辦案，我是到誅匪盟案結束後才見到他。師叔說燕掌櫃幫忙查案，但詳情我也不太清楚。」

關瑞星插嘴：「這幾日我瞧師姊神色期盼，好像離仙寨越近，她便越歡喜。莫非……就是爲了這傢伙？」

莊森大驚：「啊？你也認爲他們有私情？」

關瑞星揚眉道：「喔！這是師兄說的，我可沒說唷！不過你瞧呀，剛剛師姊在山腳下就已經淚眼汪汪了嘛。你說她是看燕氏父女相認感動呢，還是瞧見情郎忍不住歡喜呀？大家都說要去吃飯，就她自願留在當舖。我就說嘛，師姊這個人呀，戀父成性，就是喜歡年紀大的男人。燕掌櫃單觀外貌只有二十來歲模樣，但想他女兒都那麼大了，是能年輕到哪裡去呀？你們說的大道神功，我是沒見過，但是說起典當陽壽的老白臉呀，哎呀，我是信不過啦。總之大師兄呀，你若想要追求師姊，那可得要加把勁啦！」

莊森忙道：「我我沒有想要追求她！」

關瑞星瞇眼：「沒有嗎？」

莊森低頭：「也不是特別不想追求啦。」

鄭瑤對關瑞星說：「哇，師叔呀，你講話眞是興風作浪，惟恐天下不亂呀。我眞懷疑你怎麼能悶在大隱谷隱居。」

關瑞星理直氣壯：「我這不是重出江湖了嗎？」

龍蛇樓位於客棧大街，一整條街上開滿酒館、客棧、青樓、賭場，紙醉金迷，燈紅酒綠，即便長安大街入夜後都沒這麼熱鬧。莊森內力深厚，耳力驚人，街道喧譁中依然聽見暗巷裡傳出人聲。他往巷內看去，只見五、六條大漢圍著一名富商打扮之人，爲首大漢喝道：「王員外，你千里迢迢來到仙寨，不就是因爲嫌錢太多，非得給人騙騙才過癮嗎？傻啦，桃花源那等事情你也相信？還不如把錢交給大爺，我保證花得很痛快！」

那王員外尚未答話，身後的巷子裡突然多了幾名壯丁。領頭的壯丁往王員外身邊一站，指著大漢便說：「許大彪，你有種，浪蕩軍的生意也敢來搶？」

大漢語氣凶狠：「肥羊這麼多，分一頭來宰宰不行嗎？」

壯丁搖頭：「咱們請人家來赴會，就得保護人家安全！你別搗亂，不然我打你！」

大漢揮拳：「打便打！誰怕誰？」

雙方一聲喊叫，在暗巷裡打了起來。莊森側頭瞧了一會兒，只見雙方人馬都有本事，混戰之中攻守有度，看來不像尋常盜匪。他點頭道：「仙寨裡隨便一個攔路打劫的都有這等身手，果然是……不同凡響。」

關瑞星問：「大師兄，咱們幫忙嗎？」

莊森搖頭：「不用，浪蕩軍的人打發得了他們。咱們此刻插手，別又給人當成是搶生意的。」

關瑞星揚眉：「咱們是要搶這生意呀。」

莊森笑道：「要搶就搶大的，去跟黃皓談。」

三人來到龍蛇樓，一看大江幫的人已經聚在門口。劉堂主迎上來道：「莊大俠來了，咱們這就進去赴宴吧。」

莊森問他：「堂主怎麼不先入席？」

劉堂主搖手：「莊大俠是主客，小人只是作陪。本幫跟無道仙寨做了多年生意，這回託大俠的福，終於能跟仙寨寨主搭上線啦。」

眾人走過龍蛇交纏的門口石雕，步入仙寨買賣重地龍蛇樓。黃一帆在門口迎接，親自率領眾人入席。所謂包下龍蛇樓，其實只包了一樓飯廳。明日便是桃源大會，龍蛇樓及附近客棧的客房早就讓各地來的財主包下。黃皓擔心眾財主在仙寨中閒晃會被當成肥羊，要求大家沒事不要外出，盡量待在客棧裡用膳，是以客棧酒樓包廂都有人吃飯。

大江幫入席後，黃一帆揚聲道：「眾位大江幫的朋友，這些年來承蒙各位辛苦運貨，仙寨中有一半的鹽都是大江幫送來的。家父感謝諸位辛勞，特地設宴犒賞。大家要喝酒，要點姑娘，千萬不必客氣。今晚一切花費，仙寨全部包了！」

大江幫眾鼓掌叫好，都說黃寨主是大好人。

黃一帆轉向玄日宗等人，恭敬道：「莊大俠，家父在二樓言心閣等候。在下於此陪伴大江幫的朋友，就不隨大俠上樓了。」

莊森等三人踏上樓梯，來到二樓，一看樓梯口已經有好幾個人等著了。那些人服裝各異，但都是道袍打扮，顯是一群方士。他們搬了桌椅，叫了酒菜，刻意擋道，自顧自地喝酒，似乎不把莊森等人放在眼裡。莊森正要開口，關瑞星湊到他耳邊道：「師兄，外人面前得講派頭，別讓人瞧扁了玄日宗。這些閒雜人等，讓鄭瑤去應付。」

鄭瑤來到桌前，抱拳道：「各位道爺，請讓讓。」

其中身穿黃衫道袍的中年漢子一拍桌子，指著鄭瑤喝道：「哪裡來的小子敢膽打擾大爺喝酒，你是活得不耐煩了嗎？」

鄭瑤道：「道爺火氣眞大，不像修道之人。不知來自哪座名山，哪座洞府？」

黃袍漢子道：「好說！老子是山南道房心山雲天洞浮雲眞人，近日出關雲遊，耳聞凡間有個玄日宗自命不凡，亂管閒事，惹人厭而不自知。小子可是玄日宗的人？」

鄭瑤不答，只說：「房心山雲仙洞倒是從沒聽說過，浮雲眞人不會是到處招搖撞騙吧？」

浮雲眞人氣得哇哇大叫，抓起拂塵便要動手。身旁一名童顏鶴髮的老先生伸手拉住他，笑呵呵地說道：「道友不要動氣，小娃兒激你呢。」他轉向鄭瑤，和藹可親，說道：「貧道蓬萊島蓬萊老仙，敢請道友大號？」

鄭瑤往莊森偷瞄一眼，見他點頭，便即繼續接話，他說：「喔！原來道長就是蓬萊老仙。聽說道長跟三奇宮聯手打造桃花源，乃是無道仙寨近年來最大一筆生意。三奇宮都死光了，道長怎麼還沒死呀？」

蓬萊老仙深吸口氣，忍耐笑道：「道友見笑了。三奇宮西門道長不幸身亡，貧道深感遺憾。不過道友適才也說了，三奇宮跟貧道攜手打造桃花源，你們玄日宗半路殺出，要搶貧道的生意，這算什麼道理，還請道友解釋。」

鄭瑤說：「道不同，不相爲謀。道長莫再稱我道友。要做生意，各憑本事，道長若本事夠大，黃皓又何必來找我們？」

蓬萊老仙冷笑一聲，說道：「世事複雜，哪有你小娃兒想得那麼單純？貧道本事滔天，區區桃花源，我伸根小拇指便能完工。只可惜我人微言輕，勢力不夠龐大。黃皓佔山爲王，遲早會淪爲外界勢力的眼中釘。今日有機會搭上玄日宗，他當然要極力巴結，趁機把生意往你們那裡推啦！」

鄭瑤也冷笑：「笑話，你吃不下生意，不必怪東怪西。」

蓬萊老仙哼一聲，站起身來，仙氣飄飄，說道：「敬酒不吃吃罰酒。且看本大仙今日教訓凡人。」說完兩手一攤，左右掌火星閃動，啪啪兩聲冒出火焰，登成一雙火掌。火掌一出，十分唬人，嚇得他同桌三名道友紛紛退避。適才那黃衣道人一不小心摔下椅子，砰咚巨響，好不熱鬧。

鄭瑤臉色發白，心想：「這怎麼可能？就連大師伯施展玄陽掌時，也不見掌心當眞冒火。這道人若非施展仙術，就是武功比大師伯還要深不可測了？」

關瑞星湊到鄭瑤耳邊，輕聲道：「騙人的，別怕他。」接著朝蓬萊老仙笑道：「你不出火掌，我還不知你武功底細。你這火掌一出，我就知道你是唬人的了。」他左掌高舉，掌心一翻，噴出火舌。「玩磷火？這玩意兒你在蓬萊島嚇嚇村民也就算了。無道仙寨是什麼地方，讓你來此丟人現眼？」

蓬萊老仙滿臉漲紅，右腳在椅子上一踏，整個人騰空飛起，宛如畫中仙人般越過餐桌，朝關、鄭二人飄去。他大袖飄飄，仙氣十足，加上一雙火掌，怎麼看都像是不世出的武林高人。

關瑞星輕描淡寫說了句：「鄭瑤上。」

鄭瑤拔劍出鞘，朝蓬萊老仙眉心指去。這是旭日劍法中平淡無奇的一招「長虹貫日」，攻人不可不救之處，既是攻招，又是守招，對付手無寸鐵之人特別有效。那蓬萊老仙也不簡單，劍到眼前，毫不閃避，看準角度，收回火掌，夾住劍刃，竟然使出空手入白刃的功夫。此舉十分托大，肉掌夾利刃，除非功力遠勝對手，不然對手只須轉動劍刃，便是削掌斷指之禍。鄭瑤見長劍讓火掌凌空夾住，心慌意亂，不知該如何應對，情急之下，依照師門所授，手腕一抖，運勁轉劍。就聽見唰的一聲，了不得了，眼前手指亂飛，血濺八方。蓬萊老仙摔在地上，抱掌哀號，雙手不斷冒出血來，也不知道被切下幾根手指。

兩方士推開桌椅，衝到蓬萊老仙身旁，一個幫他點穴止血，一個從懷裡拿出藥瓶，在傷處撒落大量藥粉。那黃袍道人趴在地上撿手指，邊撿邊叫：「玄日宗殺人啦！玄日宗殺人啦！」

旁邊翠鳳廳門打開，探出一顆腦袋來罵道：「殺個人大呼小叫什麼勁兒？你要死滾遠點，別打擾大爺喝酒。」說完關上廳門。

鄭瑤看著滿地鮮血，心中過意不去，說道：「唉，你功力不足別學人家空手奪白刃嘛！這很危險，你師父沒教過你嗎？」

蓬萊老仙咬牙切齒：「好小子，內力深厚，扮豬吃老虎！」

鄭瑤無辜：「不深厚啦，跟後面這兩位差得遠了。你不是老虎就別扮老虎嘛！」

黃一帆帶人上來，抬蓬萊老仙去找醫生。他神色歉然，說道：「在下不察，讓莊大俠遭鼠輩騷擾，實在過意不去。請莊大俠跟我來。」說著領頭走過長廊，往二樓臨街的言心閣走去。

第十四章　會四方

黃一帆推開言心閣門，揚聲道：「玄日宗二代首徒莊森莊大俠、『小神判』關瑞星關大俠、金州神捕鄭瑤鄭捕頭駕到！」

言心閣乃是龍蛇樓最大一間包廂，臨街一排窗口都擺有桌椅，供賓客欣賞山寨景致。此刻廳中開席一桌，座上除了在仙道谷見過的四大美女外，還有一名中年男子。男子率領美女起身，朝莊森等人恭敬行禮，笑道：「在下浪蕩軍黃皓，恭迎三位大俠。三位大駕光臨，仙寨蓬蓽生輝！快請坐！快請坐！」

鄭瑤去年見過黃皓一面，當時黃皓雖不欠禮數，但始終語氣冷淡，公事公辦，與此刻熱情的模樣不可同日而語。看來蓬萊大仙說他要巴結莊森並非無的放矢。

莊森抱拳道：「黃寨主盛情邀約，在下是一定要叨擾的。」

眾人分賓主坐下，黃皓吩咐伙計上菜，又要四美穿插而坐，陪伴玄日宗眾大俠。莊森見鄭瑤神色尷尬，便即笑道：「難得寨主請客，咱們可得好好聊聊。四位姊姊貌美如花，令人好不分心，還是先請下去吧？」

黃皓笑道：「莊大俠誤會了。容在下介紹，這四位美女乃是我們浪蕩軍四大女將，王小翠、曾小蓮、童小琪、范小花。」他一邊介紹，美女一邊行禮，儘管打扮妖艷，但儀態端莊，倒眞不似青樓女子，與傍晚仙道谷調笑鄭瑤時大不相同。黃皓繼續說道：「她們四姊妹琴棋書畫，各有所長，口才歌舞都難不倒，武功不差，又會使媚使毒，十分擅長接待賓客，擄人暗殺。去年鄭捕頭受她們接待，想必記憶猶新？」

鄭瑤忙點頭：「忘不了、忘不了。」

黃皓又說：「她們熟讀兵書，長於謀略，腦袋比我手下那些大老粗清楚多了。在下與人談生意，總少不了她們作陪。」

莊森笑道：「那咱們就分賓主入座，不需要各位姊姊委屈陪笑啦！」

四女齊道：「不委屈，不委屈。」

黃皓吩咐四美回座，端起酒杯敬酒，問道：「不知上官舵主爲何沒來？難道是責怪在下去年招呼不周，怠慢她了？」

莊森一邊回敬，一邊搖頭道：「寨主多慮了。我師妹有急事要辦，不克前來，望寨主莫怪。說起這個，我師弟青囊山莊趙言嵐公子日前入了仙寨，寨主可知他下榻何處？」

黃皓揚起眉毛，停頓片刻，放下酒杯道：「莊大俠師門情深，令人動容。聽說趙公子反出師門，自創青囊山莊，跟玄日宗勢不兩立。想不到莊大俠還這麼關心他？」

莊森笑道：「寨主弄錯了，我們沒有勢不兩立。」

黃皓道：「原來如此。」他朝王小翠點頭，王小翠轉向莊森：「趙公子跟位姑娘同行，似乎是來仙寨找人的。我們知道他下榻山腳『餓鬼客棧』，不過小倆口今日一早出門，至今未歸，不知此刻身在何處。」

莊森忍不住問：「餓鬼客棧呀？請問是凶惡的惡，還是飢餓的餓？」

小翠笑道：「飢餓的餓。莊公子是外地人，不懂咱們仙寨取店名的學問。公子且想，咱們的倉行取名餓虎、當舖都叫血泉，你開間客棧取個普通店名，如何引人入勝呢？」

莊森點頭：「有理。那敢問寨主，野馬莊范氏兄弟又在何處？」

黃皓微微皺眉，說道：「莊大俠，無道仙寨是做買賣的地方。在我們這裡，消息靈通之人便能稱王。像這些關鍵人物的下落，一般我是不會免費告知的。」

莊森問：「那我是一般人嗎？」

黃皓愣住，似乎沒想到莊森會問得這麼直接。他笑道：「不如咱們先談生意？談成了生意，莊大俠就是自己人，到時候有什麼問題，在下知無不言。」

莊森揚眉：「要談不成呢？」

黃皓又愣，側頭說道：「買賣不成仁義在。即便談不成，在下依然知無不言！」

莊森豎起大拇指：「黃寨主眞會做人！你都這麼說了，我也不好強逼。就先來談生意吧。不知寨主盛情相約，是爲了談哪樁生意？」

酒樓伙計端來熱騰騰的菜餚，令人食指大動。黃皓待伙計出門，這才說道：「眞人面前不說假話，莊大俠既然問起范氏兄弟，此行定是爲了桃源帖之事而來。不知大俠如何得知此事？」

莊森取出李裕的桃源帖道：「前太子李裕收到此帖，不知底細，委託在下調查。可惜不出半日，他便死在蔣玄暉手下。」其實他查此案是爲了幫孫紅塵解救了緣居士，李裕慘死九曲池之事早已拋到腦後，此刻突然想起，便說了出口。

黃皓搖頭：「節度使爭權奪利，什麼事都做得出來。李裕大半輩子都在擔心受怕中度過，雖然貴爲太子，其實也很可憐。朱全忠兩年前在長安殺盡宦官，去年殺宰相，今年殺了皇帝和李氏親王。我想再過不久，他就會找個因頭把朝中百官通通殺光，然後登大寶，過他皇帝的乾癮了。」

莊森道：「寨主潛居仙寨，對天下局勢倒也看得明白。莫非有心復出角逐天下？」

黃皓苦笑：「莊大俠說笑了。敗軍之將，不敢言勇。當年我伯伯響應王仙芝起義時，在下還只是個十來歲的少年。我看見不公義之事，認定是爲百姓出頭，爲蒼生而戰！東征西討好幾年，連長安都打下來了，結果呢？百姓看到我們很歡喜嗎？殺人八百萬，血流三千里，這叫爲了百姓蒼生？你可知道當年長安洗城，殺了多少人？你可知道我們受困山東時，吃過百姓，吃過蒼生？當年要不是因爲朱全忠反叛，李克用發兵，我伯伯不會落得如此下場。我對他們自然心懷怨懟。然而時至今日，我只盼他們能夠盡早篡唐，統一天下，結束亂局。莊大俠認爲我這樣想，是否太過奢望？」

莊森道：「奢望。他們的實力統一不了天下。」

黃皓點頭：「是呀。朱全忠篡唐後，天下定會大亂。誰知道還會不會又殺幾百萬人，流幾千里血？在下絕非善類，然則惻隱之心，人皆有之，我有錢有力，也願爲天下蒼生出錢出力，或許是藉以彌補從前的錯誤。但我小小一個佔山爲王的土匪頭兒，究竟能做什麼？西門木乙來找我提出桃花源時，我本嗤之以鼻，認定他要騙錢。但後來我越想越覺得此事可行，也非行不可。亂世之中，有個地方能避戰禍，那是多美好之事？即便只是一場空想，在百姓之間流傳開來，也是足以改變生死的希望。二十年前那場民亂，損失的不光是人命財物，還有許多無價之寶。多少門派覆滅，武功失傳；多少眞跡墨寶、經書典籍就這麼毀於戰火？我想打造桃花源，不單是讓人避禍，還想爲天下守住這些瑰寶。」

莊森看看關瑞星，瞧瞧鄭瑤，凝望黃皓片刻，說道：「既然寨主如此有心，爲何又要收取千兩黃金？難道人要有錢，才能保命？」

黃皓道：「來參加桃源大會之人，把整條客棧街都包了。數十萬兩黃金收下來，我們可以建立多少桃花源？大隱谷只是門面，做給外人看的。其實我打算用這筆錢在南方各道多建桃花源。朱全忠稱王後，多半會留在北方繼續與李克用周旋，不會立刻揮兵南下。我估計在南方各道起碼還有三、五年可以廣建桃花源。不過浪蕩軍人力有限，出了仙寨又縛手縛腳。想要幹成此事，我需要外援。」

此事出乎莊森意料，他揚眉問：「你想靠玄日宗？」

黃皓點頭：「玄日宗人脈廣，立場中立。玄匪之亂一掃貴宗門風，也讓天下武林知道你們不會在節度使面前卑躬屈膝。黃皓斗膽，想爲天下百姓請命，希望貴宗不計前嫌，與無道仙寨合作，建立桃花源。我出錢，不，天下財主一起出錢，還望莊大俠願意出一份心力。」

莊森深吸口氣，緩緩問道：「寨主想要我們如何出力？」

黃皓說：「我原本是想等桃源大會過後，親上成都拜訪梁掌門，請玄日宗各地分舵幫忙尋訪適合打造桃花源的地點，或在施工時提供人力及保護。唉，本以爲這是好事，沒想到牽扯金錢過多，竟有人來搶生意。我早該多派人手去大隱谷保護他們才對。如今三奇宮滅門，蓬萊大仙也非可用之人。仙寨奇門街是有些奇人異士，但也有許多詐騙奇才。在下不懂方士之術，難辨眞假，不知該如何尋找能主持其事的高人。想起二十年前本軍與玄日宗交手，曾遇李命李二俠布下奇陣，以寡擊眾，險境突圍。當年我伯伯稱讚李二俠，說他是諸葛再世，孔明復生。玄日宗學問博大精深，只因武功太強，其他學問反遭世人忽略。敢問莊大俠，李二俠的奇門遁甲之術，可有弟子傳承下來？」

他這話是對著莊森問的，但目光卻飄向關瑞星。關瑞星是李命的得意門生，連江湖綽號都是傳自神判李命的小神判，若有人學過李命的方士之術，肯定就是他了。看來浪蕩軍神通廣大，早知莊森在大隱谷遇上關瑞星。莊森見他目光明白，便笑著對關瑞星比個「請」的手勢。

關瑞星經歷過玄日宗的腐敗年代，從前行走江湖可說是氣燄囂張，如今重出江湖，也不理會梁棧生主持下的新規矩。他說：「師父的本事，我只學到皮毛，但要說起奇門布陣，總比三奇宮那些不成材的傢伙強點。桃花源的構想十分有趣，單憑我個人之力能否辦到，此刻尚有疑難之處，一時想不明白。不過寨主若想找人考較仙寨方士的本事，那交給在下，不成問題。」

黃皓喜道：「關大俠願意幫忙，那可眞是太好了！」

關瑞星揚手道：「我以大師兄馬首是瞻。大師兄說幫，我才幫。」

黃皓神色期盼，轉回莊森。莊森說：「爲了蒼生百姓，我們自然樂意效勞。不過今日初識寨主，此事又涉及龐大利益，玄日宗是否答應合作，不是我一個閒職散人能夠決定的。總得等我回歸總壇，稟告掌門，再做定奪。」

黃皓拍馬屁：「莊大俠武功聲望早已遠遠超越粱掌門，相信粱掌門也不會違背莊大俠的意思……」

莊森說：「我五師伯學富五車，見識卓絕，是做大事的人。武功高強不過就是打架厲害罷了，萬一識人不明，反而遭人利用。不說這個。寨主既然要找人接手桃花源，沒考慮過范氏兄弟嗎？」

黃皓搖頭：「姑且不論他們手段凶殘，不會爲百姓盡心盡力。倘若他們殺了我的人，就能接手我的生意，那我黃皓還要不要在仙寨混下去？再說，范氏兄弟已經跟血泉當舖搭上線，不會再來跟我合作。明日桃源大會，他們定會出面搗亂。若不謹愼應付，幾十萬兩黃金就被他們搶走了。」

莊森道：「不怕。血泉當舖燕掌櫃與本宗交好，不會再跟范氏兄弟合作。此刻燕掌櫃正在調查他們下落，今晚我們便緝拿他們歸案，救回了緣居士。倘若了緣居士願意加盟，打造桃花源指日可待。」

三奇宮擄走了緣居士，一早便跟黃皓回報過了。之後了緣居士落入范氏兄弟手中，不知受了多少折磨，黃皓深感愧咎。他說：「莊大俠，在下不一開始便告知范氏兄弟下落，一來是想先跟大俠談談，二來也是不想讓大俠以爲我要借刀殺人。如今既然立場分明，這便老實說了。范氏兄弟躲在奇門街後巷中的『天罡地煞洞』內。欲峰山山洞甚多，鄭捕頭去年來時便見識過了。加上人工開鑿，可謂四通八達。那天罡地煞洞乃是奇門街眾方士合力挖掘而成，與許多洞府相連，這些年來也不知道裡面讓他們搞成什麼樣子。我派人進去打探，個個暈頭轉向，無功而返。如今有關大俠在，那便不怕他們了。」

此時，窗外街上傳來騷動，大呼小叫的好不熱鬧。

小翠笑盈盈地起身，走過去打開窗戶觀看，說道：「鬧事的來了。」莊森等人湊過去，一人就著一扇窗口往下瞧。小翠介紹道：「此刻樓下進門的那群是土團白條軍，邱寂寥親自來了；跟在他們身後的是奇門街的人，七大洞府到齊；右邊那些雜碎是山寨九幫十八會的，毫不相干，多半眼紅想來分一杯羹。這些人本來約好明日一起到桃源大會鬧場搶生意，此刻定是聽說寨主宴請莊大俠，怕來遲了分不到甜頭。」

莊森邊看邊問：「范氏兄弟沒來？」

黃皓哼了一聲：「他們自認有血泉當舖撐腰，不屑跟我談判。八成是打定主意明日再來面對財主。這些烏合之眾，不勞莊大俠費心，且看本寨主打發他們。」

邱寂寥進了龍蛇樓，已在一樓大聲吵鬧，只是此刻離得遠了，聽不清楚。

莊森搖頭道：「這群人是為了玄日宗而來，本宗向來沒有退避的規矩。」他拉過鄭瑤道：「你先回去找你師叔，告知范氏兄弟下落，要他們準備準備，咱們回來便出發救人。」說完推開言心閣門，站在二樓憑欄處往下看。閣內其他人也跟了出來。樓下邱寂寥推開黃一帆，囂張喝道：「黃皓在哪裡？還不出來見我？當縮頭烏龜嗎？還是仗著玄日宗勢大，不把仙寨的弟兄看在眼裡啦？」

旁邊有人吆喝：「縮頭烏龜！狗仗人勢！」「他媽的有錢大家賺，關起門來密會個屁呀？」「黃皓！枉你自稱寨主，有好處也不分給大家？」「玄日宗就是外面逞逞威風，進了仙寨還不是藏頭縮尾，不敢見人呀！」「喂！兄弟，罵罵黃皓就好了，不要得罪玄日宗。」「得罪他又怎麼樣？那群玄匪，不到半年就給平定了，哪有咱們大齊軍威風？」「你還敢提大齊軍呀？天底下多少人家破人亡，就是你們齊軍幹的！哇操，哪壺不開提哪壺，老子扁你！」

這群人雖然約好了一起來，不過不少人是來看熱鬧的。此刻正主還沒見著，已經有熱鬧好瞧，大家便開始起鬨吆喝。邱寂寥一看自己人打起來，又發現黃皓等人站在二樓看戲，頓感顏面無光，運起獅吼功喝道：「住手！」然而人群中也有人運起獅吼功喊道：「不要住手！打他媽的！」

本來只是兩個人打架，一陣起鬨過後，莫名其妙變成十幾個人在打。一樓飯廳桌椅翻倒，原先在底下吃飯的大江幫眾人都端起飯碗，退到一旁去邊吃邊看熱鬧。黃皓在莊森耳邊道：「慚愧，讓莊大俠看笑話了。」

莊森笑道：「熱熱鬧鬧，挺好的。」語畢運起獅吼功，朝樓下說：「玄日宗莊森在此，各位有何指教？」

莊森的獅吼功不同凡響，渾厚內力傳出去，震得眾人耳朵嗚嗚，功力差的當場身體歪斜，摔倒在地。邱寂寥臉色大變，抬頭道：「玄日宗內功果然厲害，姓……莊大俠，你該不會是自恃武功高強，來立下馬威吧？」

莊森笑道：「在下名頭響亮，嚇得大家平白無故摔倒，也是有的。邱將軍不必多慮，下馬威什麼的，沒那回事。」

邱寂寥中了下馬威，不敢造次，朝黃皓一比，說道：「黃皓，咱們來講講道理。你為仙寨攬來大筆生意，大家有錢賺，我自不會跟你多說什麼。但俗話說得好，肥水不落外人田。你要把生意包出去給玄日宗做，這我就不能當沒看到啦！今天我們來，不是跟你找碴，而是為了全仙寨弟兄的福祉來找你理論。仙寨人才濟濟，桃花源什麼的，隨隨便便就弄出十座八座，有什麼理由要仰賴外人？」

黃皓說：「邱大哥此言差矣。我沒有不找仙寨的人呀。本來三奇宮貨真價實就是仙寨的人。他們讓野馬莊挑了，是我保護不周，只好跟各位弟兄謝罪了。然則三奇宮一滅，見獵心喜的人可多了，所有八竿子扯不到一條船上的人都想來分一杯羹！你說我工程要包給誰？邱大哥既然想做這單生意，定有下過工夫！你倒是告訴我，奇門街七洞十八府，哪些人是眞才實料，哪些人在招搖撞騙？我是分不清，你分得清嗎？我若不從外面找眞正的高人進來，如何分辨眞僞？」

一名白鬍子老道拉開邱寂寥，揚聲說道：「黃寨主此言有失公允。奇門街眾道友入世修行，爲的是普渡眾生啊！比躲在深山裡只管自己的那些大仙可又高了一層。你怎麼能說咱們是招搖撞騙呢？去年老夫不是幫你的浪蕩洞瞧過風水嗎？」

黃皓大聲道：「重陽道人，你還敢提看風水的事？自從讓你指點後，我浪蕩洞陰風陣陣，每天都有人生病！你到底是看風水，還是下蠱毒啊？」

重陽道人說：「越說越不像話了！要不是讓我看了風水，你怎麼接得到幾十萬兩黃金的大買賣呀？」

黃皓不悅：「這你都可以攬在身上？那三奇宮的人全死光了又怎麼說啊？」

重陽道人冷笑：「什麼怎麼說呀？他們福薄，沒命花錢，怪我呀？」

黃皓指著他說：「我就問你，你有沒有賣八陣圖？」

重陽道人說：「有啊！」

黃皓說：「你們每家都賣八陣圖，哪一家是眞的？」

重陽道人大言不慚：「我是眞的！」

旁邊有人推開重陽道人：「放屁，我家賣的才是眞的！」

奇門街七大洞府的大仙每個都說：「我家的才是眞的！」

莊森拉拉黃皓，對眾人問道：「各位大仙，我莊森就問一句，哪一家的八陣圖是眞的？」

七大仙突然安靜下來，一時間沒人搶著說話。

闞瑞星嘿嘿兩聲，笑道：「各位道友，在下闞瑞星，師承玄日宗，對六合八陣小有研究。敢問道友，今日若要各位在龍蛇樓上擺個飛石八陣，那生、傷二門要擺於何處？倘若改爲尖刀八陣，要如何守住驚門？」

眾大仙摸摸鼻子，誰也沒有吭聲。那重陽大仙果然高明，面露微笑，掐指計算，一副「老夫想想，別打擾我」的模樣。闞瑞星暗自好笑，偷偷對莊森道：「大家都不懂的東西，只要我裝得很懂，他們便不敢說話啦。」

莊森豎起大拇指，忍笑繼續向眾人說道：「眾所皆知，諸葛氏八陣圖的傳人乃是洛陽了緣居士……」

重陽大仙揮手：「咦？莊大俠，請恕老夫直言，那可不是什麼眾所皆知呀！這八陣圖呢，貨眞價實，老夫就是諸葛先生的傳人。你別聽人瞎說什麼了緣居士呀！」

莊森點頭：「滅三奇宮的范氏兄弟爲奪八陣圖，綁走了了緣居士。既然諸葛先生的傳人是重陽大仙，那我去跟他們說，叫他們來綁你得了。」

重陽道人害怕，連忙轉移話題：「別管八陣圖啦，咱們做桃花源用不到八陣圖！會擺迷魂陣就行啦！」

莊森還沒接話，樓下已經有人聽不下去，冷言冷語道：「哇，重陽道人，你到底有沒有本事呀？擺明招搖撞騙嘛！」「陳大哥，你不知道，我說給你聽。去年畫馬名家劉書生找重陽道人看風水，第二天就被馬踩死啦！這傢伙不是沒本事，而是本事太大，咱們別跟他扯上關係。」「你一說我可想起來啦，上個月春香樓的小紅也請他算過命呀，第二天那王員外就在小紅的床上精盡人亡，這事你聽說過嗎？」

重陽道人氣急敗壞地說：「瞎說！王員外哪有精盡人亡呀？他是跟小紅道別之後，死在回家的路上嘛！這怎能算在我頭上呢？」

之前的人喝道：「不算在你頭上，難道算在小紅頭上嗎？你這個騙財騙色的死老頭！留你下來，死的人多啦！」

重陽道人忙道：「我騙財而已，哪有騙色呀，你不要含血噴人！」

樓下再度開打，場面混亂，打得比之前凶多了。邱寂寥一看壓不住了，縱身跳上二樓，氣沖沖地奔向黃皓，喝道：「王八蛋！這麼大筆生意，你要獨呑是嗎？」

莊森上前一步，嚇得邱寂寥當場停步。黃皓拉拉莊森衣袖，笑道：「莊大俠，別在意，無道仙寨就是這樣，每天打打殺殺，不見血不過癮。你要救了緣居士，這便去吧。此間之事，交給在下處理便是。」

莊森道：「有勞寨主了。」說完同關瑞星下樓離去。

第十五章 戰奇門

莊森與關瑞星回到血泉當舖，只見鄭瑤坐在貴客廳中等候。問起上官明月等人，鄭瑤說：「師叔和燕氏父女先去奇門街了，說是踹盤子，不會先動手，請師伯放心。」

莊森點頭，問他：「奇門街何在？」

鄭瑤說：「當舖伙計會帶我們過去。」

莊森倒了杯已經涼掉的茶，推開朝內院的窗口，凝望院內的樹影，邊喝茶邊道：「鄭瑤，奇門街你別去了。我要你去山腳餓鬼客棧打聽你趙師叔的下落。」

鄭瑤皺眉：「小翠說趙師叔他們出門未歸，多半遭遇了范氏兄弟。咱們直接去天罡地煞洞找，不是更快？」

莊森緩緩搖頭：「對付范氏兄弟，沒有你插手的餘地。你去餓鬼客棧。」他見鄭瑤還有話說，又道：「不知為何，我心緒不寧。總覺得趙師弟和孫姑娘下落不明……不太對勁。有勞金州神捕走這一趟了。」

鄭瑤摸摸鼻子，正要離去，莊森突然放下茶杯，身形一晃，竄出窗外，飛身撲到內院中一棵大樹上。鄭瑤及關瑞星嚇了一跳，連忙跟著跳窗出去。關瑞星抓起邊上一扇門旁的燈籠，趕到莊森所在的樹下。提起燈籠一照，只見莊森穩穩蹲在粗樹枝上，左顧右盼，神色困惑。關、鄭只道來了敵人，全神戒備。鄭瑤拔出佩劍，關瑞星左手袖中垂下判官筆。

關瑞星瞧不出端倪，輕聲問道：「大師兄，怎麼了？」

莊森皺眉：「不知道。留神。」說完翻身上房，身法奇快，沿著房頂繞內院走了一圈，最後才跳回院裡，比手勢讓關鄭二人隨他回廳。他說：「我聽見樹上有呼吸聲，於是上樹查看。」

關瑞星說：「當舖裡伙計甚多，大師兄定是聽錯。」

莊森邊往外走，邊點頭道：「或許。」

幾人來到門口，一名伙計上前，恭敬說道：「莊大俠要去奇門街了嗎？掌櫃的吩咐在下帶大俠前去。」

莊森點頭，跨出門檻，停頓片刻，說道：「我沒聽錯。適才的確有人躲在樹上。我這麼飛身出去，反倒讓他跑了，連個影兒都沒瞧見。倘若此人是敵非友，咱們可得小心在意。」

關瑞星訝異：「大師兄，你凝神看著都能讓他跑了。這人武功究竟多高？」

莊森沉思：「武功高低還在其次，此人隱匿身形的功夫當眞了得。」

關瑞星揚眉：「武功不高，躲得過你嗎？」

莊森笑道：「術業有專攻。給你時間架設陣法，我也未必走得出去。說起隱匿身形，要是掌門師伯在此，他老人家要躲多久便躲多久，沒人發現得了。」

關瑞星斜嘴一笑：「師兄是說五師叔的武功不夠高囉？」

莊森一副心照不宣的模樣：「比你高。」他轉向鄭瑤：「你去餓鬼客棧，自己小心注意。若是感到危險，先與我們會合後再說。」

鄭瑤往山下去，莊森與關瑞星則跟著伙計往山上走。過客棧街繼續前行，穿越一座密林，走過小橋流水，來到一條夜晚點燈依然景觀雅致的街道。沒有山腳市集擁擠，也不似客棧大街熱鬧。此街一面臨山，凸岩峭壁下每隔數丈便有一座洞府大門，門外各有石雕造景，有的門前掌燈籠，有的放火盆，樹影擺動，典雅脫俗。洞府對面便是一排房舍，供眾位修道大仙販賣方士雜貨所用。紙錢符咒、八卦羅盤、風水法器、硝石丹爐，所有宗教祭祀的物品皆有販售。

奇門街本就沒有山腳市集熱鬧，加上此刻天色已晚，不少店家已在收攤，路上的行人越顯稀少。莊森瞥見右手第三家店前掛了幾面旗幟，其中一面黑底紅月，乃是吐蕃拜月教的教旗，莊森心念一動，想起月盈，朝那家店走上幾步，說道：「想不到偏山之中也有西域的貨。」

當舖伙計指著那家店對面山壁上的「祆景夷洞」，說道：「祆景夷洞的穆罕道長標新立異，算是奇門街上很有特色的洞府。他的貨大部分是直接從西域運來的，祆教、景教、摩尼教、伊斯蘭教等夷教經書法器要多少都有。聽說黃皓最近在跟他合作，要在後山建立清眞寺、祆祠等夷教法寺，吸引西域胡人來仙寨玩。他們的鎮店之寶可唬人了，乃是天寶名將高仙芝在怛羅斯之役使過的石國神劍。據說他就是用那把劍斬下石國國王首級的。」

莊森問：「怛羅斯之役不是敗給大食了嗎？」

伙計笑道：「高仙芝有名，拿他當噱頭就對了。」

他們走過整條奇門街，繞到山壁後一片空地，只見燕氏父女和上官明月坐在一座石亭中等候。莊森見上官明月與燕建聲有說有笑，雖算不上神態親暱，可總覺得交情不淺。上官明月和燕珍珍一見他們到來，立刻起身迎上。燕珍珍笑道：「大師兄，怎麼吃那麼久？一定有找姑娘作陪，是不是？」

莊森笑而不答，問上官明月：「師妹，如何？」

上官明月說：「我們打聽過了。范氏兄弟躲在天罡地煞洞最深層的八陣窟裡。那八陣窟是奇門街方士合力打造，專門用來布置奇門八陣，以對付厲害對頭。」

關瑞星問：「有地圖嗎？」

上官明月往涼亭一比，邊走邊說：「燕掌櫃花了許多錢購得這份布陣圖。是真是偽，還待關師弟法眼鑑定。」

進入涼亭，石桌上擺了一份羊皮地圖，燕建聲提著燈籠，照亮地圖，說道：「關大俠請看。」

關瑞星也不客氣，對著地圖坐下細看。莊森和燕建聲分站左右，眾人一起盯著地圖。燕建聲指向地圖最下方說：「咱們此刻在此。面前那道山壁，就是奇門街所謂的道行壁。若有新來的道友想在奇門街開店，便得通過道行壁，上去後才是天罡地煞洞的洞口。據說觀其上壁之法，便能試出道行深淺。我看這不過就是那些老傢伙刁難新人用的，多半也沒什麼機關。」

關瑞星跟莊森一同抬頭看向涼亭對面的山壁。莊森問道：「旁邊不就有階梯上去嗎？」

燕建聲說：「都說試探道行了，走階梯上去，不是讓人看笑話嗎？」

上官明月點頭：「此壁高約三丈，咱們幾個人輕功一提，便上去了。」

燕建聲也點頭：「靠輕功上去，人家便知道我們武功高強。那也算試出一種道行。」

莊森指著岩壁中央道：「這面山壁上的石塊和樹根都有精心設計，只要懂點奇門遁甲的皮毛，都能輕鬆爬上去。」

關瑞星指向岩壁右側凸起的巨石道：「那塊石頭有機關。周遭的岩石按照地盤八卦搭配天盤九星方位計算排列，便能推開巨石，走地道而上。」

燕珍珍呶嘴：「你是不是故意講得複雜，讓我們聽不懂啊？」

關瑞星聳肩：「若這麼易懂，又怎麼試得出道行？妳師兄我道行高深，不是區區道行壁能夠試出來的。」

他手指上揚，沿著地圖一路指過所謂的七洞十八府，來到天罡地煞洞最裡面的八陣窟，說道：「這八陣窟倒有點意思。在此封閉石窟中擺設奇門八陣，入陣之人想要生離，可不容易。」

莊森想起歐陽大仙在中陽洞中擺下的飛石陣和尖刀陣，說道：「陣法要人催動，這八陣窟總有藏身密道，讓人丟丟石頭尖刀什麼的？」

關瑞星在八陣窟外指出幾個點說：「若要設置機關，就是從這些地方。這張圖沒畫出藏身密道，得進去之後再找。」他凝望地圖，皺眉問道：「師兄說范氏兄弟懂得本宗六合陣？」

莊森點頭：「老實說，可能比師弟所學爲精。」

關瑞星道：「本宗六合陣集迷魂陣之大全，擺得好的，能讓人瞪眼看著都瞧不見出口。倘若他們在奇門八陣中融入六合陣法，那可就棘手得很。」他轉向燕建聲：「不管是尖刀陣、巨石陣、烈火陣、金光陣，奇門八陣都很講究人力，催動陣法的人越多，威力就越大。燕掌櫃，你看奇門街有多少人會陪他們瘋？」

燕建聲搖頭：「范氏兄弟真材實料，奇門街的人知道他們可能搶下桃花源生意。我為免打草驚蛇，尚未透露血泉當舖不支持他們的消息，說不定奇門街真有不少人會把賭注押在他們身上。」

關瑞星冷冷一笑，轉向莊森：「大師兄，那咱們就得大顯神通，讓他們不敢把賭注押在范氏兄弟身上。」說完捲起地圖，交給伙計，領頭走出石亭，說道：「咱們就上吧。」

一名道童盤腿坐在道行壁前的大石上，身前擺了只小香爐，輕煙裊裊，神色祥和。他見眾人走近，揚聲說道：「『天罡地煞諸神將，道行壁上見真章』。各位道友要進天罡地煞洞，還請先露兩手來瞧瞧。」

燕建聲走到道童身前，拱手道：「在下血泉當舖燕建聲，此行是為訪友而來。請小道長代為通報，說燕掌櫃要找野馬莊范浪、范濤兩位先生。」

道童道：「燕掌櫃好。小道今日工時已過，早該收工。因各位在石亭商議，又拿著天罡地煞洞的地圖，無奈只好繼續等候。小道坐在這裡，也就只是交代兩句『天罡地煞諸神將，道行壁上見眞章』。各位想上去便上去，不必理會我啦。」

莊森笑道：「小道長是要考較咱們功夫了。」

道童道：「不敢。久聞玄日宗莊大俠天下無敵，小道還眞想見識見識。」

莊森揚眉：「喔？無道仙寨不同凡響，連個無名道童都見識不凡。」道童還要客氣，莊森突然出手，握住他的胳臂，笑道：「小道長上去吧。」說完提起道童，朝道行壁頂拋出。

那道童正過著假扮高人的癮頭，突然之間身體騰空，風聲大作，眼前景物變幻，快如殘影，嚇得他呼天搶地，屁滾尿流。身處高處，正要墜落，卻感到肩膀一緊，被一雙柔軟的玉手接住，輕輕巧巧地落在道行壁頂。他渾身發抖，僵硬回頭，只見身後托著他的是名美貌姑娘，適才站在莊森身旁，也不知何時已經來到壁頂。那姑娘笑著放手，道童膝蓋一軟，當場跪倒，一口氣尚未喘完，突然眼前一黑，一條人影竄上山崖，直衝天際，遮蔽星光，宛如仙人下凡，隨風飄落，輕輕站在他面前。

莊森問：「不知道咱們玄日宗的功夫入得了道長法眼嗎？」

小道童嘴唇抖了半天，吐不出半個字來。上官明月矮身拍拍道童背部，一邊安撫一邊說道：「道長別怕，我師兄跟你鬧著玩的。師兄，你不怕人家說咱們欺負孩子嗎？」

莊森上前扶起道童，掌心功力一送，道童痠軟無力的四肢突然生出了力氣。這麼一探之下，試出道童功夫，莊森搖頭笑道：「師妹不可小看這位道長。他獨自看守道行壁，乃是奇門街門面，絕非泛泛之輩。莫看道長年紀小，其實他自幼習武，練的是天師道玄門正功，功力已有火候。一般上門搗亂的人都不會是他的對手。」

道童拱手抱拳，行江湖禮數，說道：「小道道號風涼，師父是鶴鳴山清修眞人，與莊大俠在長安有過一面之緣。」

清修眞人是天師道太平眞人的師弟，曾投身梁王府輔佐朱全忠。因吃裡扒外，勾結李命，讓眾食客揪了出來，其後又遭太平眞人所救。莊森說：「原來清修眞人也來到了無道仙寨。」

風涼說：「家師得罪梁王府，除了隱居仙寨，也沒地方可去了。」

莊森問他：「小道長是識貨之人，莊某一身武功，你怕不怕？」

風涼忙道：「怕！」

莊森點頭：「既然知道怕，便請道長代爲傳話。范氏兄弟綁架洛陽了緣居士，又殺害三奇宮的道友，惡行重大，天理難容，我們是來捉拿他們歸案的。奇門街眾道友若不想與玄日宗爲敵，就別跟他們扯上關係。」

風涼答應，提步便往天罡地煞洞走去，他在洞門口停下腳步，回頭說道：「莊大俠，無道仙寨，不講王法。外人入仙寨抓人歸案，恐怕不合規矩。」

莊森一攤手道：「一入仙寨，後果自負。不怕後果的人，大可來阻擾我。」

風涼不再多說，推開洞門，進去通報。不多時，那洞門旁有塊大石突然鬆動，遭人自內推開，關瑞星帶著燕珍珍走了出來。燕珍珍神色佩服道：「大師兄，關師兄好厲害，居然眞的找出了一條地道。我本來還以爲他瞎說的。」

莊森不等道童回來，領頭步入洞中。奇門街把整座山頭挖空，一整排街道都是各家洞府的門面，而從天罡地煞洞正門進去，左手一整排則是各家洞府後洞。奇門街七大洞主還在龍蛇樓打架，也不知道今晚回不回得來。剩下的人聽說玄日宗的人在洞外聚集，早就跑來洞門口觀察形勢。風涼進洞之後，也不須多說什麼，大家都聽到莊森的話，各自回洞稟報去了。莊森見幾個走得慢的人還未趕回自家洞府，於是放慢腳步，給他們時間反應。洞窟之中，火把照不太遠，有些角落黑暗陰森。燕珍珍故作柔弱，拉著莊森衣袖行走。莊森移形換位，讓燕建聲卡在兩人之間。燕珍珍嘆口氣，改去抓她爹的衣袖。

幾座洞府有人探頭出來，又急急忙忙往內洞奔去。燕珍珍說：「師兄，他們鬼鬼祟祟，定是不懷好意。」

上官明月卻說：「我看他們是怕了，派人去八陣窟招回本來要幫范氏兄弟的人。」

走道越來越寬敞，陰影越來越深邃。不一會兒來到八陣窟入口。那是個一丈來寬的大開口，口後有巨岩，擋住窟內景象，須由兩側繞道而入，此刻正好趕上一群道人匆忙跑出。他們遇上玄日宗等人，大驚失色，紛紛貼著牆壁往旁繞道，遮遮掩掩，深怕讓莊森認得他們容貌，將來記仇報復。莊森待他們走光，朝八陣窟揚聲說道：「范浪、范濤！玄日宗莊森在此，快把了緣居士交出來！」

燕建聲也說：「兩位范兄弟，你們惹惱了玄日宗，兄弟可不陪你們瘋。若是趁早交出了緣居士。我還可以幫你們向莊大俠求情。」

只聽八陣窟中有人喝道：「姓燕的！你沒義氣，說好一起發財，你竟吃裡扒外！」

燕建聲說：「莊大俠幫我找回女兒，是燕某人莫大的恩人！兩位兄弟說我吃裡扒外，我也認了。總之，今日之事，我不會站在你們那邊！范浪，我還要問你，青囊山莊趙大俠是不是在你們手中？還有那孫姑娘呢？」

八陣窟裡的人又叫道：「那對狗男女一早便躲起來了。咱們到現在還沒找到他們！」

另一人喝道：「燕建聲，你有種！待今日之事了結，我要你死無葬身之地！」

燕建聲冷笑道：「兩位不必逞強。少了血泉當舖撐腰，野馬莊在無道仙寨又能有何作爲？既然桃花源的案子你們吃不下來，便趁早交出了緣居士，保住性命要緊。」

突然間破風聲大作，火光反射之下，數十道刀光竄出八陣窟，朝眾人疾射而來。眾人紛紛閃避，只有關瑞星不慌不忙，迎上前去，右手探出，挾下一把飛刀，四周的刀光當場消失。這偷襲看似驚人，竟然只有一把飛刀筆直射向莊森。關瑞星冷笑道：「好厲害的障眼法，兩位果然高明。」

范濤的聲音從暗處傳來：「關瑞星！好眼力，有種就給我進來鬥法！」

關瑞星道：「進來便進來，我還怕你不成？」說完提步便走。

范浪卻忙道：「你給我站住！」

關瑞星不耐煩：「又怎麼了？」

范氏兄弟在洞窟中商議兩句，拔出佩劍，分自左右架著一名五十來歲的男子來到八陣窟洞口。那男子形容憔悴，傷痕累累，衣衫破爛，血跡斑斑，顯是遭受刑求許久。范氏兄弟長劍一前一後，架在男子頸上，隱隱劃出血痕。

范浪說：「莊森，看清楚了。了緣居士的命掌握在我兄弟手中。不想他死，你就必須獨闖八陣窟！倘若有人隨莊森入陣——」他刻意瞪向關瑞星，繼續說：「我們立刻殺了孫了緣。大家一翻兩瞪眼，誰也得不到好處！」

莊森道：「你們殺了了緣居士，就別想生離此地。」

孫了緣見莊森毫不畏懼，啞著聲音說道：「大俠，此陣凶險異常，你我素未謀面，不可為我犯險！」

莊森拱手道：「在下莊森，受孫紅塵姑娘所託，一路從洛陽追來，就是爲了救回居士。請居士放心，這兩個傢伙殺不了我的。」

孫了緣卻道：「你就算救了我，我也不會把八陣圖給你！」

莊森搖頭：「我不要八陣圖。」

范浪拉著了緣居士往洞裡走，聲音迅速遠離：「一個人進來！別耍花招！」

見莊森拔出佩劍，上官明月關切上前：「大師兄，你別一個人去。」

莊森說：「他們八成是想著只要除掉我，剩下的人就不足爲患。哼，小看你們，是他們失算了。妳隨關師弟去找機關，從外面破壞陣法。陣裡的事，交給師兄便是。」

關瑞星隨他走到洞口，邊走邊說：「內勁自手少陰心經轉運雙眼，可破迷魂幻象。他們人手不足，若是遇上尖刀和金光陣，多半是善用幻象。但若遇上巨石和烈火陣，師兄可得小心。」

莊森點頭道：「有勞師弟破陣。」說完入八陣窟。

入口附近，走道狹窄，三步一拐，五步一彎，是個複雜繁瑣的小迷宮，旨在擾人心神，令入陣者失去方向，無從判斷陣法排列。

片刻過後，莊森步出迷宮，來到相對寬敞的洞穴中，尚未看清楚地勢，突然之間風聲大作，飛沙走石，颳得莊森眼睛都睜不開。如此看不清楚、聽不眞切，內勁又遭受強風蒙蔽，難以感應外來攻勢。莊森揮使長劍，施展旭日劍法中劍勢綿密的烏雲蔽日，渾身上下守得密不透風。突然之間，長劍巨震，砍上了某樣沉重堅硬的物體。莊森順著劍勢翻身而起，憑著絕頂內力，不受狂風侵擾，飛身而出，身軀始終籠罩在烏雲蔽日的劍招之中，連砍七顆巨石，落地後立刻轉彎，繼續在飛沙走石間遊走。巨石窟中本來燃著幾支火把，陣法催動之後，火把紛紛熄滅，伸手不見五指。

莊森心想：「我既瞧不見你，你自然也瞧不見我。大家瞎子摸象，亂打一通，且看誰的運氣好，誰的功夫高。」

半晌後，巨石窟裡風沙依舊猛烈，但風中的壓力銳減，隨風而來的巨石越來越少，不知道是石頭都丟光了，還是催動陣法之人被關瑞星解決了。莊森舞動長劍，貼壁而行，尋找洞壁上的出口。左手在石壁上摸空，正暗自欣喜，突然間一道淩厲劍氣夾雜在狂風之中竄來。莊森冷冷一笑，也不變招，繼續使他的烏雲蔽日。對方劍法精純，才剛碰到莊森的劍，立刻偏斜劍勢，試圖順著莊森的劍刃刺入他心口。莊森運起轉勁訣，打亂對方內息，長劍向外一帶，將對方甩回狂風中。

莊森退入壁洞通道，巨石窟的風沙當即止歇，勢才偷襲他的人也無影無蹤，不知躲到哪裡去了。莊森本想說說狠話，挑釁幾句，突然手臂微微刺痛。他回頭一看，只見這條走道牆上滲出綠煙，腳下薄霧及膝，顯然有毒。莊森煉過玄藥真丹，百毒不侵，輕笑一聲，沿走道而行。

不一會兒來到下一座洞窟，他站在洞口，探頭打量，試圖看出端倪。身後破風聲起，莊森逼不得已，翻身滾入洞窟，就聽見錚錚數響，地上已經插了四把尖刀。雖陷入尖刀陣，但他飄然起身，聽音辨位，以極快的身法在洞中奔走，輕巧閃避飛刀。這尖刀陣比巨石陣明亮多了，因爲布陣者利用刀光眩目，擾亂人心。莊森運功刺激雙眼，不受光影幻象所擾，閃避得游刃有餘。片刻之後，破風聲大作，尖刀同時自四面八方而來。莊森還是一招烏雲蔽日，擊落所有尖刀，找出牆上機關，開門離開尖刀窟。

接下來莊森路過兩座洞窟，都沒有任何機關陣法。多半是因爲人手不足，無法催動。其中一座洞窟地面潮濕，瀰漫一股刺鼻氣味，看來是毒水陣之類的機關。莊森暗自鬆了口氣，慶幸此關無人。

來到中央大石窟，乃是八陣窟中最大的一座洞窟。中央有座擂台般的高台，了緣居士被綁在一根石樁上。范氏兄弟一左一右，手持長劍站在台前。

范浪喝道：「莊森，此事從頭到尾與你無關，爲何如此咄咄逼人？」

莊森道：「我看不慣兩位手段凶殘，濫殺無辜。三奇宮建桃花源本是好事，卻讓你們弄得烏煙瘴氣。」

范浪罵道：「你說什麼鬼話？當初了緣居士可是三奇宮綁的，我們只是順勢接手罷了，三奇宮根本不是什麼好東西！」

莊森說：「但他們也罪不至死。你們爲搶生意，殺害這麼多人，就是邪魔歪道。」

范浪語氣不屑：「玄黃天尊說過，你們玄日宗的人滿嘴仁義道德，都是胡說八道。背地裡一個比一個還賤，根本死不足惜！等我們兄弟倆除掉了你，外面那些傢伙便不足爲懼。」

莊森哈哈一笑：「你們兩個到現在還不知道要怕，那才叫作死不足惜。」

了緣居士叫道：「大俠小心！」

突然之間，狂風大起，莊森身後的通道噴出熊熊烈焰。莊森足下一點，衝向高台，朝范浪一劍刺出。他這一劍，毫不留情，劍刃帶動身後的火焰，使的是烈日劍法的絕招「日燄驚天」。范浪左手一翻，洞窟有半面山壁突然金光大作，閃得莊森氣血翻騰，頭昏眼花。他深吸口氣，強壓噁心，火劍繼續刺向范浪。范浪的身影融入金光之中，就這樣消失不見。莊森一劍刺空，心下大駭，驚覺不妙，立即沖天而起，雖不知道要躲什麼，總之先躲再說。

接著，就聽見一陣轟然巨響，地動山搖。莊森身在空中，讓一股強大的衝勁炸飛，撞上數丈外的山壁。他口噴鮮血，摔落地面，轉頭看向高台。待得塵埃落定，只見范浪適才站立處多了一個大洞，冉冉冒出黑煙。

范氏兄弟站在殘存的半座高台上，鼓掌說道：「莊大俠天下無敵，果然名不虛傳。這樣都炸不死你，眞是佩服佩服。」

莊森右臂焦黑，血肉模糊，一時間舉不起來。他左手如風，連點右胸和手臂上幾處穴道，緩解傷勢，壓抑疼痛，接著扳開右手手指，改以左手持劍，冷冷說道：「黑火藥？兩位果然奇才，煉丹之術也如此高明。可惜墜入魔道，萬劫不復，跟玄黃天尊一樣變成妖怪。今日我要效法六師伯來斬妖除魔了！」

范浪道：「死到臨頭還嘴硬，去死吧！」

范氏兄弟提起長劍，使開晨星劍法，劍花點點，宛如繁星，輔以金光陣、迷魂陣，彷彿化身十幾名高手，同時自四面八方攻向莊森。莊森左手使劍，絲毫不亞於右手，但撞壁時受了內傷，左腳也扭壞，行動不便，招架明顯左支右絀，登時險象環生。所幸他內力深厚，轉勁訣出神入化，以長劍交擊擾亂敵勁，一時之間不會落敗。數十招過後，轉勁訣的威力顯現出來，范氏兄弟氣息逐漸紊亂，內功運轉越來越窒礙，出招也變慢了。

兩人久攻不下，心裡急了，便把壓箱寶都施展出來。范浪翻出身上許多金牌，搭配金光陣，閃得莊森無法視物；范濤點燃油鍋，以氣運油，彷彿有條火龍在身周盤旋，威力剛猛，模樣駭人。

莊森在迷魂陣中待久了，加上金光火龍，早閃得他頭昏眼花，意識模糊，只想找張床躺下來大睡。玄黃洞一役至今，莊森從未嘗過敗北滋味，江湖上說他天下無敵的人越來越多，聽得他自己差點都要信了。他心想：「慚愧呀慚愧！所謂『自大一點唸個臭字』，自認天下無敵，遲早害死自己。幸虧我莊森不是玄黃天尊那種自命不凡的自大狂，平常交友廣闊，不會獨來獨往。再怎麼慢，關師弟他們也該出手了吧？」

范浪眼前一花，差點閃避不及，危急之中下達號令，命操縱金光明鏡的弟子轉開東北方鏡片。毫無動靜。他心裡一驚，自懷中取出一面黃旗，朝天拋出。那是下令金光全開的旗幟。就看見洞頂跳下一條身影，接下黃旗，輕輕巧巧落在了緣居士身旁，卻是關瑞星。關瑞星笑道：「別玩啦，金光陣已經破啦！」

上官明月跟著落地，一腳踹翻油鍋。范濤的火龍登時滅了。莊森見來了夥伴，精神一振，趁范氏兄弟驚慌失措，運起吸黏勁，吸住兩人長劍。他大喝一聲，三把劍同時脫手。范氏兄弟長於劍法。此刻手中無劍，心中生怯。莊森左掌側翻，運起玄陽掌，一掌一個，將范氏兄弟擊倒在地。

關瑞星解開了緣居士身上的繩索，走去綑綁范氏兄弟。莊森鬆了口氣，靠著石椿坐倒，上官明月連忙迎上，擁他入懷，急道：「大師兄，你……你傷得好重啊！」

莊森倚著上官明月肩膀，閉上雙眼微笑道：「小事，等我先睡一覺，起床再說。」說完神智喪失，昏死過去。

第十六章 表心思

莊森醒來，躺在床上，身處一間大房，雕梁畫棟，明亮熏香。上官明月坐在他身邊，正於他右臂上塗抹清涼藥膏。莊森默不吭聲，愣愣瞧著她，直到上官明月偶然抬頭，才知道他已醒了。

上官明月喚道：「大師兄。」

莊森回了聲：「師妹。」兩人相視一笑，一時不再多說。

上官明月繼續抹藥。抹好之後，她取出乾淨布條，包紮莊森右臂，說道：「這是黃皓拿來的清涼膏。他師承北海醫仙，聽說醫術高明。」

莊森動動手指，感覺比之前好多了，微笑道：「我聽說習醫之人喜歡救國救民。黃皓說是為了百姓建桃花源，或許不假。」

上官明月一邊包紮，一邊說道：「大師兄也是習醫之人。救國救民的擔子，可有你扛的了。」她見莊森四下打量，便說：「這裡是龍蛇樓鳳字號房。黃皓知道我上次來住過，便包下此房。兩層樓，三間臥房，你我各用一間，關師弟和鄭瑤就湊合著住了。樓下有庭院浴池，泡起澡來十分舒適。師兄有興，我請伙計加熱水。」

莊森搖頭：「這麼晚了，明日再說吧。」他等上官明月包紮完畢，坐起身來。

上官明月走到桌前，倒了杯水，端過來給莊森喝。她說：「黃皓收押了范氏兄弟，只待師兄傷好，便押他們回金州歸案。不過此事或有麻煩。了緣居士曾聽他們與人密談，幾度提起梁王府，他們搶八陣圖，或許是為了投靠朱全忠。黃皓說今晚范氏兄弟一落網，梁王府在仙寨中的眼線就有動靜，擔心他們伺機劫囚，已經加派人手看管了。不過既然八陣圖沒有落入范氏兄弟手中，他們對朱全忠而言不過就是兩個江湖食客，我想是不會為此動手的。」

莊森皺眉：「不，他們懂得調配黑火藥，對朱全忠很有價值。如何處置他們，還得從長計議。」他動動胳臂，又問：「了緣居士可願加盟黃皓，一起興建桃花源？」

上官明月嘆息：「了緣居士遭人綁架刑求月餘，心態偏激了，對人不信任。大師兄說受孫姑娘所託，他也沒有全信，只說要等見到女兒再做決定。不過關師弟向他請教了些建造桃花源的疑難之處，他倒知無不言，並不藏私。」

莊森點頭：「關師弟真是人才。他願重出江湖，乃百姓之福。他還在跟了緣居士談嗎？」

上官明月搖頭：「黃皓醫治過了緣居士，便請他先去休息了。關師弟本來跟我一起守著你呢。剛剛黃皓又派人來請他去，不知為了何事。」她走到窗口，望著窗外明月，出神片刻，回頭道：「大師兄，我有話跟你說。我……我不想回金州了。」

莊森大愣：「什麼？」

上官明月說：「我遠行前已經留書一封，請展師弟代掌分舵。我不打算回去了。」

莊森問她：「妳要退出江湖？妳救了長安百姓，聲望如日中天，爲何在此時起心退隱呢？」

上官明月深吸口氣，彷彿在解釋一件只願意解釋給莊森聽的事。她說：「從前我認眞習武，努力辦事，是爲了不要辜負師父的期望。師父救我性命，養我育我，我願意把生命都交給他。但師父過世之後，我就不知道自己在幹什麼了。」

莊森心想大師伯其實沒有過世，但又不能把話說出口，只好道：「妳幹得很好。大師伯以妳爲傲。」

上官明月低頭微笑：「是呀，師父以我爲傲。」她搖搖頭，又說：「我倦了，師兄。我心力憔悴，想休息了。」

莊森五味雜陳，望她片刻，緩緩道：「妳若眞是累了，師兄不會阻妳。這江湖，有心無力，是很容易讓人萌生退意。師兄只希望妳不是爲了別人而做這個決定。」

上官明月吃了一驚，彷彿做壞事讓人抓到般，慌道：「什麼？師兄爲何這麼說？你以爲……我會爲了誰呢？」

莊森神色嚴肅：「妳不會是爲了燕掌櫃吧？」

上官明月失笑道：「不是啦！師兄你想到哪裡去了？」

莊森眉頭深鎖：「可是妳剛剛一副就是讓我說中了的樣子呀？不是燕掌櫃，又是爲了誰？」

上官明月慌道：「我……就說不是爲了別人嘛！」

莊森見她急得眼淚都快掉下來，也不好繼續追問。

其實上官明月想要留在仙寨，是爲了要服侍她師父趙遠志。此事雖然未曾與師父商量過，但她主意已定，不打算讓師父拒絕。不過這件事情，莫說她不知道莊森也知曉趙遠志沒死，就算趙遠志此刻跟兩人同坐在房裡，基於心中奇特的情愫，她也不能跟莊森說是爲了師父留下來的。

她沉默了好一陣子，來到莊森床前，在他身邊坐下，輕聲說道：「大師兄，那日投宿客棧，我假裝喝醉，你……爲何將我抱回房裡？」

莊森愣到不能再愣，只說：「我……不然我該……抱去哪？」

上官明月臉色微紅，笑道：「傻瓜。因爲師兄是傻瓜，所以我們現在在這裡了。」

她拍拍莊森臉頰，站起身來，又笑了笑：「我要留在無道仙寨。師兄還有好多大事要做，不是定下來的人。有什麼事，日後再說吧。」

莊森看她往門口走，忍不住叫道：「師妹！妳弄得我心裡好亂，都不知道在想什麼了。」

上官明月站在門口，回過頭來，嫣然一笑：「師兄，你想太多了。這種事情光是空想，遲遲沒有作為，就是會來不及呀。」說完推開房門，回房去了。

莊森瞧著她的裙襬消失於門外，心裡湧現一股不知是遺憾還是釋懷之感。他輕聲嘆息，躺回床上，閉上雙眼，滿腦子揮之不去的明月倩影。

《桃源案》全書完

後記

陶淵明的〈桃花源記〉是大家耳熟能詳的作品。一個無人能入的世外桃源，超適合用來亂世避禍的。而當眞遇上亂世，對於性命朝不保夕的末代親王而言，會有人找上門來兜售桃花源，我認爲是很合理的事。

要打造外人無法進入的桃花源，就須要擺迷魂陣。《左道書》本傳中，李命曾擺過迷魂陣，劇情中的《左道書》裡也有一整本在講述奇門八陣命理之學，但相關的橋段都只是帶過，沒有深究。畢竟《左道書》是武俠小說，不是仙俠小說。奇門八陣是故事中提到的元素，但並非主線重點。故事中曾有要角意圖求道升仙，但在《左道書》的武俠設定下，他們到不了那個境界，只是在亂世中逃避現實的手段。無道仙寨奇門街有很多大仙在教人修煉求道，儘管其中不乏眞才實學之輩，但基本上都是在騙錢。不管亂世還是盛世，宗教都是一門好生意。

但那並不是說奇門八陣絕非絕世武功的對手。眞正的奇門高手如了緣居士之流，儘管正面衝突不是莊森對手，但若給他時間布陣，即使強如莊森也未必闖得出去。《左道書》中每一門學問都能獨當一面，差別在於精不精通罷了。

打從莊森見到「桃源帖」開始，他就一直抱持著八成是騙局的心態追查此事，一路上遇上了奇門術士也沒能消弭騙局的想法。但他還是毅然決然追查下去。除了爲了救人，還因爲他很想相信這不是騙局。他很想相信。

亂世避戰禍，潛居桃花源。

莊森救不了亂世，只求能幫天下人打造桃花源。

戚建邦　二〇二二年九月五日，台北

桃源案

國家圖書館出版品預行編目資料

桃源案／戚建邦 著.——初版.——
台北市：蓋亞文化，2022.11
面；公分
ISBN 978-986-319-693-8（平裝）

863.57 111013151

桃源案

作　　者　戚建邦
封面插畫　蘇姿伊
封面裝幀　莊謹銘
助理編輯　林珮緹
主　　編　黃致雲
總 編 輯　沈育如
發 行 人　陳常智
出 版 社　蓋亞文化有限公司
地址：台北市103大同區承德路二段75巷35號
電話：02-2558-5438　傳眞：02-2558-5439
電子信箱：gaea@gaeabooks.com.tw
投稿信箱：editor@gaeabooks.com.tw
郵撥帳號 19769541　戶名：蓋亞文化有限公司
法律顧問　宇達經貿法律事務所
總 經 銷　聯合發行股份有限公司
地址：新北市新店區寶橋路二三五巷六弄六號二樓
電話：02-2917-8022　傳眞：02-2915-6275
港澳地區　一代匯集
地址：九龍旺角塘尾道64號龍駒企業大廈10樓B&D室
電話：+852-2783-8102　傳眞：+852-2396-0050
初版一刷　2022年11月
定　　價　新台幣260元
Published and printed in Taiwan

ISBN／978-986-319-693-8

八百擊

好故事，一擊入魂！

好故事，一擊入魂！

八百擊